KB259807

저녁노을 바라보며

海洋수필
저녁노을 바라보며
김종길 지음

초판 인쇄 | 2013년 05월 13일
초판 발행 | 2012년 05월 15일

지은이 | 김종길
펴낸이 | 신현운
펴는곳 | 연인M&B
기　획 | 여인화
디자인 | 이희정
마케팅 | 박한동
등　록 | 2000년 3월 7일 제2-3037호
주　소 | 143-874 서울특별시 광진구 자양로 56(자양동 680-25) 2층
전　화 | (02)455-3987　팩스 | (02)3437-5975
홈주소 | www.yeoninmb.co.kr
이메일 | yeonin7@hanmail.net

값 12,000원

ⓒ 김종길 2013 Printed in Korea

ISBN 978-89-6253-133-6 03810

海洋수필

저녁노을 바라보며

耕海 김종길

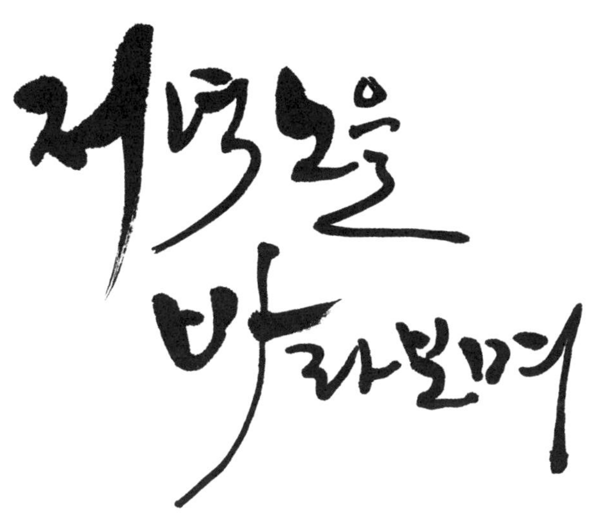

연인M&B

돌이켜 보면, 촛불이 몇 번이고 가물가물 꺼질 것만 같았습니다. 그럴 때마다 바람막이가 되어 준 손이 있었기에 되살아났습니다. 그 손은 하느님의 은총이었습니다. 또 조상과 부모 형제의 음덕, 스승과 선후배의 온정이었습니다.

그분들이 '사람답게 살라.' 하셨습니다. 사람이 사람답게 살지 짐승답게 살아? 라고 반문하시겠지만, 사람답게 산다는 게 참 어려웠습니다.

이웃이 힘들면 마음만 아파했지 다가가질 못해 사람 냄새나는 삶을 살지 못했습니다. 그럼에도 벌을 받지 않은 데는 섭리가 있으리라 생각됩니다.

'내가 누구일까.' 하는 회의와 겨울 들판에 홀로 서성거리듯 외로움이 밀려왔습니다. 해서, 지나온 삶을 한 번쯤 성찰해야겠다고 생각했습니다.

　회고록이나 자서전은 자신을 부풀릴 수밖에 없어 수필을 선택했습니다. 수필은 마음의 얼굴이란 생각으로 순간순간 상념들을 붓 가는 대로 썼습니다. 백자처럼 상큼하진 못하지만, 막사발이 속살을 드러내듯 소탈하게 쓰고 싶었습니다.

　해운과 인연이 있어, 한국선주상호보험의 후원과 한국해운신문이 할애해 준 '해사문학' 코너에 수필을 게재했습니다. 그 글들을 정리해 '해양수필' 이란 이름을 붙여 수필집을 발간키로 했습니다.

　성 라자로마을의 꽃들을 그림과 시로 엮은 계사년 달력이 참 좋았습니다. 꽃시와 사진을 수필집 사이에 꽂아도 좋으냐고 원장 신부님께 말씀드렸더니 쾌히 허락해 주셨습니다. 이해인 수녀님과 송창현 사진작가님께서도.

　저에겐 꽃보다 예쁜 손녀 다섯이 있습니다. 훗날 그들이 장성해 할아버지를 알고자 하면 보라고 말미에 연보를 첨부했습니다.

　저녁노을! 바라볼수록 참 아름답네요.

희수를 맞은 2013년 초봄에
耕海 김종길

| 차례 |

제1부 | 복수초

인고의 태동인가

하얀 눈 속에 피어난
샛노란 웃음
차가운 얼음을 뚫고 나온
따뜻한 희망
복수초와 함께
또 한 해의 길을
웃으며 걸어가야지
_이해인

인생은 연극이다

젊을 때, 연극을 즐겨 봤다.

BC 5세기 경, 그리스 원형극장에서 연극이 공연되었다고 한다.

하면, 인생과 연극이 2,500년을 공존한 셈 아닌가?

인생이 연극을 만들고 연극은 인생의 진수를 보여 준다.

각본에 의해 배우가 무대에서 말과 몸짓으로 연기를 하듯, 운명에 따라 인생도 웃고 울며, 빼앗고 빼앗기며 연기를 한다.

복제 예술인 영화와 달리 연극은 장기 공연을 하더라도

똑같을 순 없다.

하여, 연극을 일회성一回性이라 한다.

인생도 단 한 번뿐이다.

국민이 추천한 국민훈장 수상자들 중, 열세 살 때 지뢰 사고로 두 손을 잃고 염전에서 막노동을 했던 수상자가 있다.

그는 소금을 팔아 조금씩 모은 돈으로 양식과 옷가지를 사 독거노인과 소년가장 집 앞에 몰래 갔다 두었다.

"이렇게 손을 잃은 것도 하늘의 뜻이고, 먹고살 만하여 이웃을 돕는 것도 하늘의 뜻입니다."라 했다.

의지적으로 세상살이를 하기보다 운명에 의해 그런 인생 연극을 했다는 뜻이다.

배우가 열연을 하면 드넓은 무대가 꽉 찬다.

막이 내리면 관객의 환호에 답해 배우가 몇 번이고 무대에 등장한다.

주연배우는 관중의 광란이 영원히 계속되기를 바란다.

그러나 시간이 지나면 관중은 모두 퇴장한다.

텅 빈 객석을 바라보며 무대를 떠나는 주연배우의 뒷모습은 쓸쓸하다.

영웅도 인생 무대의 막이 내리면 역사의 뒤안길로 사라진다.

필부(匹夫)도…….

해서, 나는 '인생은 연극이다.' 라고 말한다.

할아버지와 손녀의 이메일

아들 식구들이 미국으로 떠났다.

그들이 보고 싶었다. 그들 중, 나의 보물 장손녀 다슬이에 대한 그리움이 절절했다. 손자가 없어 다슬이를 장손으로 생각하고 끔찍이 아꼈다. 다슬이도 날 잘 따랐다.

식전 기도를 하기에 "무슨 기도했어?"라 물으면 "하느님! 우리 할아버지 땅속에 들어가지 말고 오래오래 살게 해 주세요."란다.

먼 비행기길이 버거워 3년을 참다가 큰마음을 먹고 떠났다.

다슬이와 그 동생 다해, 두 손녀가 팔짝팔짝 뛰며 내 목을 껴안고 볼에 입을 맞췄다. 여행에 지친 피로가 싹 가셨다.

행복에 취해 시간 가는 줄 몰랐다. 2주쯤 지나 다슬이 학교 Penn Valley 초등학교를 방문했다.

초인종을 눌렀더니 작업복을 입은 분이 교문을 열어 주었다. 수위인 줄 알았는데 알고 보니 Mitchell 교장선생님이셨다.

여름방학 기간에 학교 시설을 보수하는데 교장선생님이 당직 겸 공사 감독을 하고 계셨다. 존경스러웠다.

학교 안내를 해 주시고는 마지막으로 컴퓨터실에 들렀다.

다음 학기엔 전교생 모두가 컴퓨터를 할 수 있도록 수리 중이라 하시며 "할아버지와 할머니를 두 번 맞이했는데 그들 모두가 한국인들입니다."라며 한국의 교육열을 높이 평가하셨다.

그러고는 다슬이에게 "할아버지가 한국으로 돌아가기 전에 너에게 컴퓨터를 사 줄 것 같다."라고 말씀하셨다.

교육상 문제가 있지 않을까 하여 망설였는데, 교장선생님의 말씀 한마디에 당장 애플 컴퓨터를 사 주고는 한 집에서 이메일을 시작했다.

다슬아!

할아버지는 네가 보고파 필라델피아까지 먼 길을 왔다.

미국에서 학교생활에 잘 적응해 주어 너무 고맙다.

I'm glad you think so.

I'm very proud of myself.

I love you!

너의 학교 성적이 사립학교를 제치고 펜실베이니아 주에서 톱이고, 너의 성적도 우수하다는 교장선생님의 말씀을 듣고 네가 너무 자랑스럽다.

I always get A's.

I'm very happy that you came over my school and saw my principle.

이렇게 짤막짤막한 메일을 하다가 나는 한국으로 돌아

왔다.

다슬이는 초등학교를 4개월 다니다 미국으로 가 한글을 거의 잊었다.

우리말은 잘 하지만 영어가 더 자연스러워졌다.

"너는 영어로, 나는 한글로 이메일을 하자."고 약속했다. 이메일을 하면서 한글을 익히면 한국 문화와 전통에도 자연스레 접근되리라 생각해서였다.

"우리말과 글을 모르면 허깨비 한국인이 된다."고 타일렀다.

교포 1.5세와 2세가 고등학교까지는 멋모르고 지내다 대학생이 되고서야 한국인의 정체성에 대한 고민을 한다고 들었다. 그러나 그땐 이미 늦었다.

내가 귀국하자, 다슬이는 할아버지가 보고파 울면서 자기 곁으로 빨리 돌아오라고 애절하게 이메일을 매일 보내왔다. 나는 이메일을 볼 때마다 마음이 저렸다.

아이스크림 가게, 도란도란 이야기하던 불란서 빵집, 야구 시합을 구경하던 운동장, 낚시를 하다가 손을 꼭 잡고

거닐던 오솔길 등등. 한 달간 공유했던 시간과 공간이 못
내 그리워 마음 아파하는 것이 육친의 정인가!

동해 바닷가에서 수평선 너머로 사라져 가는 배를 바라보고
있었다.

'저 배가 우리 다슬이가 있는 미국으로 가려나!' 하고 생각
하는데 네 얼굴이 수평선 위로 떠오르는 거야.

"다슬아~" 하고 소리치니까 사람들이 놀라 나를 쳐다보더
라.

할아버지가 얼마나 너를 그리워했으면 네 얼굴이 수평선 위
로 떠올랐을까!

How so much you must have missed me that you
called my name even I wasn' t there!

Yesterday, that happened to me.

I said "Grandpa! Let' s go walking around!"

But you weren' t here.

So I started crying.

I' m going to wait until you come back to America.

So come back quick.

I'm crying now!

열 살 난 애가 할아버지를 절절하게 그리워하는 마음이 애잔했다.

처음엔 엄마 도움을 받아 할아버지 이메일을 읽었는데, 지금은 혼자서 잘 읽는다고 했다. 나의 몫인 손녀의 한글 교육이 성공적이었다.

이렇게 주고받은 이메일을 프린트하여 둔 파일북이 세 권이다.

나는 영어 공부에 손을 뗀 지 오래되어 많은 단어를 잊었고 특히 스펠링은 엉망이 되었다.

손녀의 이메일을 읽고 또 읽고, 그리고 베껴 쓰면서 영어가 친숙해졌다.

너는 나의 영어 선생님이고, 나는 너의 한국어 선생님이다. 그렇지?

Really? Oh yes!

I' m sure your saying.

I miss you grandpa very much!

이렇게 주고받은 수많은 이메일로 인해 할아버지와 손
녀와의 사랑이 영글어 간다.

문둥이 서러움

보리피리 불며 봄 언덕

고향이 그리워 필 닐니리

인간사 그리워 필 닐니리

…… ……

한하운 시인은 문둥이 서러움을 피맺히게 토해 낸다.

오그라진 손, 비뚤어진 입, 코 빠진 문둥이 가면극에서

'병신 된 이 몸이 양반인들 무엇 하며, 재산인들 무엇 하

랴!' 란 사설이 서럽다.

애 간을 먹으면 문둥병이 낫는다는 구전口傳이 문둥이를 증오케 했다.

애들은 문둥이에게 돌팔매질을 했다. 어른들은 밥 얻어 먹으러 온 문둥이에게 재수 없다고 침 뱉고, 소금 뿌리고, 부지깽이로 내쫓았다.

내 어릴 때, 동구 밖 움막에 입이 비뚤어진 엄마 문둥이와 어린 딸이 살았다. 엄마가 동냥 자루를 머리에 이고 딸의 손을 붙잡고 집 앞을 지나가는 것을 보며 마음이 짠했다.

문둥이가 날 잡으러 왔다. 도망가려 해도 발이 떨어지지 않아 붙잡혔다. 벌벌 떨며 '살려 줘!'란 내 고함 소리에 놀라 꿈을 깼다. 온몸이 땀으로 함빡 젖었다.

'사랑의 원자탄'이란 손양원 목사님에 대한 소설이 있었다. 당시 원자탄이란 단어가 쇼킹했다. 세계 제패의 야망을 불태우던 일본 제국을 항복시키고 오매불망하던 광복을 우리에게 안겨 주었으니까.

여수 애양원의 손양원 목사님은 '세상에서 버림받고 모든 사람들이 싫어합니다. 그래도 저는 저들을 진심으로 사랑하게 하소서!'라고 기도하며 문둥이 피고름을 입으로 빨아냈다.

목사님은 일제 때 신사참배를 거부하다 옥고를 치렀다. 여순 반란 때 좌익이 두 아들을 총살했다. 그 살인범을 용서하고 양자로 삼았다.

6·25전쟁 때 인민군이 이 성자聖者를 사살했다. 목자 잃은 양 떼의 서러움은 단장의 아픔이었으리라.

가톨릭Catholic은 그를 왜 성인으로 서품하지 않을까. 가톨릭 성직자가 아니라서? 가톨릭은 보편적이라는데.

소록도에서 눈, 코, 팔다리가 뭉그러진 나환자들을 봤다. 오죽하면 하늘이 내린 천형天刑이라 했을까! 나도 문둥이가 될 것만 같아 두려웠다.

그들은 병이 치유되어도 흉하게 일그러진 몰골론 가정으로 돌아갈 수 없다. 집안의 수치라고 사망신고를 해 버려 살아 있는데도 저승 사람이 되었다.

성 라자로마을에서 황대주 요나를 만났다.

그는 1919년에 태어나 어려서 소록도로 보내졌다. 엄마가 보고파, 집에 가고파 많이 울었단다.

일본인이 나환자들을 노예처럼 채찍질하며 소록도를 건설했다. 해방이 되자 나환자들이 일제의 상징인 신사를 부숴 버리고 수백 명이 탈출했다. 요나도 탈출하여 그리던 고향을 찾아갔다.

그를 반겨 주지 않았다. 올데갈데없이 유리걸식했다. 미국 메리놀 외방전교회 캐롤 신부님께 나환자 집단부락 설립을 간청했다. 사회부 장관의 나환자 요양소 설립인가를 받았다.

미군 트럭에 짐을 싣고 요양소로 들어가는데 주민들이 막았다. 차가 못 들어오게 곡괭이로 길을 파 버렸다. 요양소가 들어오면 동네가 망한다고.

무장 경찰관들을 인솔하고 출동한 서장이 빨갱이들의 소행으로 간주해 잡아넣겠다는 극약처방을 해 간신이 요양소로 들어갔다. 그러나 주민들이 샘물을 못 먹게 하고, 시장에서 생필품도 못 사게 방해했다.

캐롤 신부님은 이러한 서러움을 알고서 의왕시 모락산 기슭에 8만 2천 평을 사 주셨다. 그것이 지금의 성 라자로 마을이다.

요나는 남의 일인 양 담담하게 이야기를 하다 끝내 서러움을 못 이겨 목이 메었다. 내 눈에도 눈물이 맺혔다.

성 라자로마을 이경재 원장 신부님은 신학생 때 데미안 신부님의 전기를 읽고 감동했다.

벨기에 출신 데미안은 선교사로 하와이에 파견되었다. 당시 유럽의 선원들이 하와이에 전염병을 감염시켜 나병이 창궐했다. 하와이 왕국은 나병 환자를 외딴섬 몰로카이에 격리시켰다.

데미안 신부님은 문둥이의 서러움을 보듬어 주려고 모두가 기피하는 죽음의 섬으로 들어갔다.

치료와 집수리, 시신 매장 등 온갖 궂은일을 도맡아 문둥이를 섬기다 끝내 자신도 문둥이가 되어 그곳에서 선종했다. 데미안 신부님은 나환자의 아버지로 추앙되고 성인으로 서품되었다.

이경재 신부님은 판자촌에서 헐벗고 굶주리는 환우들을 위해 발 벗고 나섰다.

'라자로돕기회' 란 모임을 만들어 국내에서 각계각층의

도움을 청했다. 미국, 유럽, 일본 등 선진국에서 후원금을 모아 왔다. '국제 거지' 란 별명을 이마에 붙이고서.

황량했던 성 라자로마을은 기적처럼 '축복의 땅' 으로 변모되었다.

이경재 신부님은 '그대 있음에' 란 자선음악회를 개최했다. 그 수익금으로 후진국 한센병 환자를 도왔다. 선진국으로부터 받은 은혜를 후진국에 되갚기 위해서.

월남, 중국, 네팔, 인도의 나환자들은 열악한 환경에서 처참하게 살고 있다.

신부님은 산불에 탄 나뭇등걸처럼 병든 손발을 어루만졌다. 나도 따라서 그렇게 할 수밖에.

문둥이 서러움을 어루만져 주는 사랑의 행렬은 세상 곳곳으로 이어진다.

해서, 세상이 아무리 험악하다 한들 그래도 이 세상은 아름답다.

어머니의 장독대

눈감으면 어릴 적 고향집 장독대가 훤하게 떠오른다. 남향의 본채와 동향의 사랑채 사이에 장독대가 있었다. 장독대 옆에 샘이 있고 그 주위로 대추나무, 앵두나무, 치자나무, 배나무가 있어 철따라 정취가 변했다.

장독대는 평지보다 서너 계단 높았다. 앞마당에서나 뒤뜰에서나 올려다볼 수 있도록 축대를 쌓아 올린 데는 할아버지께서 배수와 일조를 염두에 두었음은 물론 장독대를 집안의 기축으로 삼으셨으리라 생각된다.

장독대 바닥은 널따란 자연석으로 단단하게 다져 놓아

독들이 편안하게 자리 잡고 있었다. 비바람이 몰아쳐도 독들은 늠름하게 버텼다.

장독대 바로 옆에 나이를 꽤나 먹은 돌감나무가 옆으로 퍼져 장독대에 그늘을 드리웠다.

봄에는 장독대 위에 감꽃들이 널브러져 있었고, 한여름 대낮에는 돌감나무 잎사귀들이 그늘과 바람을 불러와 식구들이 더위를 식혔다.

늦가을에는 갈색 잎사귀들이 떨어지면 나뭇가지에 주렁주렁 달린 돌감들이 가을볕에 빨갛게 익어 갔다. 가을 햇살에 돌감들이 독에 반사되어 붉은 빛깔을 토해 내면 집 안이 온통 분홍빛으로 물든 듯했다.

간장, 된장, 고추장, 젓갈을 담은 장독들. 깻잎, 풋고추, 오이를 묻어 둔 장아찌 단지들. 콩, 팥, 잡곡을 담아 둔 독들이 모두 서른 벌도 넘었다.

크고 작은 독들이 형제들처럼 옹기종기 모여 어머니를 바라봤다. 어머니는 독들을 자식처럼 돌보셨다.

메주를 담근 장독이 내 키보다 높아 독 안을 들여다볼 수 없었다. 어머니를 조르면 내 허리를 꼭 껴안아 훌쩍 들어 올렸다.

독 안에 노란 메주는 가라앉았고 붉은 고추와 새카만 숯덩이가 동동 떠 있었다.

“고추와 숯덩이를 왜 넣었어?”라고 물으면 “내 강아지, 별것 다 알려고 하네. 장맛 좋으라고.”라며 내 볼에 입을 맞추셨다.

돌감나무 그늘이 드리워진 장독대에서 시름없이 하늘을 쳐다보시던 어머니 모습을 생각하면 가슴이 저려온다.

어머니는 열일곱에 우리 집으로 시집오셨다. 신랑은 동갑내기 삼가독자三家獨子였다.

스물세 살이 되던 해, 할머니가 뜻하지 않은 재앙으로 두 팔을 잃으셨다. 새댁이 할머니로부터 장독대를 물려받고 큰살림도 도맡아야만 했다.

팔 없는 할머니를 씻기고, 음식을 떠먹이고, 대소변을 받아 냈다. 갓난아기를 돌보듯. 할머니가 세상 떠날 때까지 그 뒷바라지가 스물아홉 해였다.

고부가 이인삼각二人三脚으로 인고의 세월을 사셨다.

호의호식하며 자란 아버지는 할머니를 어머니에게 맡겨

두고는 밖으로 나돌았다. 곡식과 논밭을 팔아 전대에 넣고는 팔도의 활터로 유랑했다. '과녁이요.' 하면 기생들과 질펀한 가무가 벌어졌다.

어머니는 새벽에 보리를 삶아 밥을 지었다. 밤엔 등잔불 밑에서 자정이 넘도록 바느질을 하셨다.

아버지의 외도에 가세는 점점 기울어져 갔다. 불구의 할머니 봉양이 걱정이었고, 자식들 양육마저 어려워졌다. 아버지에게 집안 사정을 털어놓으면 투기로 치부하고 학대로 되돌아왔다. 억울함을 하소연할 데 없고 참담한 심정을 위안받을 수단도 없었다.

장독대가 유일한 위안이었다. 장독들을 거울처럼 닦으셨다. 서러움을 씻으려고, 절망과 분노를 삼키려고 장독을 닦고 또 닦으셨다. 장독에 반사된 얼굴에는 시집올 때 청초했던 모습은 간곳없고 주름만 늘어 갔다.

할아버지와 할머니의 삼년상을 치르고는 며느리에게 살림을 맡기곤 어머니는 딸네 집으로 떠나셨다.

독들을 하나하나 쓰다듬으며 "얘들아! 잘 있어라. 너희

들을 오래오래 돌봐야 하는데…… 미안하구나.” 하며 흐
느끼셨다.

시집와 마흔 해 동안 정붙였던 장독대와 이별은 가슴이
저렸다. 문밖으로 나서면서도 장독대를 되돌아보며 눈물
을 훔쳤다.

어머니가 집을 떠나고 세 해가 지났다. 아버지는 마지막
남은 논 다섯 마지기를 팔고 고향을 등졌다. 떠나는 날,
아버지는 장독대에서 막걸리를 마시곤 북채를 잡고 옥방
춘향의 ‘쑥대머리’ 를 불렀다. 눈물이 글썽거렸다.

그 눈물은 헝클어진 인생에 대한 회한이었을까. 부모에
대한 참회였을까. 조강지처에 대한 사죄였을까.

어머니는 끝내 고향엘 돌아오지 못하고 타향에서 쓸쓸
히 세상을 떠나셨다. 어머니 손때가 묻었던 살림살이는
가랑잎처럼 휘날려 갔다. 그토록 다독거리던 장독들도 동
네 여인들이 하나둘씩 가져갔다.

장독대만 덩그렇게 남아 어머니를 기다리고 있었다.

이 세상 소풍 아름다웠다

매달 둘째 금요일, 옛 직장 동료들이 명동성당에 모인다. 해운과 항만을 위해 젊은 날 고락을 함께했던 동료인데다 신앙이 같아선지 흉허물이 없다.

덧없는 세월에 적게는 예순들이고 많게는 여든들이다.

공직 생활이 몸에 배어 품위를 지킨다. 신앙인이라 남을 배려하고 제 잘났다고 티격태격하지도 않는다.

가톨릭 교리 공부를 하고서 미사에 참여한 뒤 점심을 함께한다.

늦가을비가 내려선지 번화하던 명동거리가 스산했다.

아스팔트 위에 비를 머금은 낙엽을 밟으며 명동성당으로 들어갔다.

그날, 교리 교재에는 '하느님은 슬픔과 기쁨, 괴로움과 즐거움 모두에 존재한다. 높은 곳에도 낮은 곳에도, 선함에도 악함에도, 아름다움에도 추악함에도 존재한다.' 라고 기술되었다.

하느님의 존재와 섭리가 미치지 않는 곳이 없다는 무소부재無所不在란 의미이리라.

그리스도께서 함께 십자가에 매달린 흉악범이 참회하자 '너는 나와 함께 낙원에 있을 것이다.' 라고 말씀하셨다. 흉악범이 참회하여 구원받는 극적인 장면이다.

가톨릭 교리가 사랑과 용서로 단순화되었으면 좋을 터인데 복잡다단하여 다가가기가 어렵다. 하기야, 2천 년을 이어 온 전통과 전례가 단순할 수 없겠지만.

어느 스님이 종교는 신앙이 아니고 윤리라 했다. 신앙은 독선적이고 윤리는 사랑과 용서의 실천이라는 스님의 설파가 가슴에 다가온다.

나에겐 교리가 아득하다. 하지만 그분이 내 곁에 계심을 느끼고 그분과 대화한다. 잠자리에 들기 전에 전등을 끄고 그날의 일들을 말씀드린다.

꽃보다 예쁜 다섯 손녀들이 건강하게 자라게 해 주십사는 소박한 청원도 하고, 가끔은 나라와 세계 평화를 위해 거창한 청원도 한다.

그뿐 아니다. 세상 꼴이 험하게 망가지는데 왜 그만두시느냐고 불평도 한다. 속 시원히 털어놓으면 번뇌는 사라진다.

"신록의 계절에 찬란했던 나뭇잎들이 나뭇가지에 그대로 매달려 있게 해 달라고 제아무리 애원해도, 가을바람에 낙엽 되어 땅에 뒹굴다 흙으로 돌아갑니다."란 젊은 사제의 미사 강론이 여운을 남긴다.

나 역시 낙엽처럼 흙으로 돌아간다는 것을 깜박 잊고 살았다.

'나 하늘로 돌아가리라/아름다운 이 세상 소풍 끝내는 날/가서, 아름다웠다고 말하리라' 란 시에 곡을 붙인 파견 성가를 마지막으로 미사가 끝났다.

거대한 권력에 저항하다 탄압받고 세상을 증오하고 저주하다 자신을 망가트린다. 하지만, 시인은 온갖 세상 풍상을 다 겪고도 '이 세상 소풍 아름다웠다.'는 회상에 용서와 화해가 스며 있다.

가슴에 맺힌 응어리를 풀어내느라 그 고뇌가 얼마나 아팠을까.

명동성당 가까운 식당에 자리를 잡았다.

교리 공부와 미사 때의 분위기와는 달리 밥상머리가 시끌벅적하다. 누군가가 "나폴레옹 코냑 그 선배가 문밖출입을 못한 지 꽤 오래됐어."라는 소식을 전한다. 나폴레옹처럼 작은 키에 '먹고 죽자'며 호탕하게 말술을 들이켜 붙여 준 별명이다.

그는 고교에서 밴드마스터를 하다 대학에 진학했다. 동대문운동장에서 자기 대학의 꽹과리 응원이 촌스러워 밴드부를 창단했던 멋있는 사나이였다.

'연령회' 봉사 활동도 털어놓는다.

오뉴월 폭염에 악취를 마다하지 않고 염을 했던 연령회

원의 경험을 듣노라면 절로 머리가 숙여진다. 지금은 병원에 냉장고가 있고 장례전문업체가 시신을 수습한다.

옛날엔 그렇질 못했다. 지금도 가정 형편이 어려운 곳에는 연령회원들의 몫이다.

세상 어디에나 쓰라린 슬픔도 있고 정겨운 사랑도 있어 시인은 '이 세상 소풍 아름다웠다.' 라고 했던가!

제2부 | 나리꽃

발레리나의 열정을 안고

오늘도
삶의 무대 위에서
뜨거운 마음으로
뜨겁게 춤추는
발레리나의 열정을 닮은
말 나리꽃
그에겐 모든 게 다
아름다운 사랑이고
그리움이네
_이해인

소박한 행복

몸과 마음을 낮추면 소박한 행복이 찾아온다. 바람처럼 왔다가 안개처럼 사라진다. 말없이 찾아와 메마른 마음을 가랑비처럼 촉촉이 적셔 준다. 나는 그것을 소박한 행복이라 한다.

돈과 권력, 명예를 거머쥐는 거창한 행복이 있다. 많은 사람들이 그것을 부러워한다. 정작 본인은 잠 못 이루고 근심 걱정의 늪에 빠져든다. 어찌 그것을 행복이라 할 수 있을까.

공무원을 퇴직했을 때 후배가 찾아왔다. 등산 모임을 만들자고 했다. 흔쾌히 받아들여 '해양산악회' 란 문패를 붙였다. 가입 기준을 해양계 학교를 졸업했거나 해운계에 종사하는 전·현직으로 규정했다.

지구 면적의 70%가 바다다. 한반도 면적의 70%가 산이다. 바다와 산을 아우른다는 의미의 해양산악회는 등산동호회치고는 거창한 문패다.

더욱이 세상에서 가장 넓고, 깊고, 높은 곳은 모두 바다와 산이 갖고 있다. 그래선지 회원들의 호연지기가 넘친다. 대부분 대양을 항해하던 마도로스 출신이라 현실에 급급하지 않아 낭만적이고 소박하다.

비좁은 땅에서 아옹다옹하지 않고 5대양을 항해하며 세계의 문물을 생생하게 호흡했다. 선진국의 찬란한 문명도, 후진국의 원시 문화도.

망망대해에서 일엽편주에 불과한 초거대 선박을 운항했다. 태풍이 몰아칠 때면 아가리를 콱 벌리고 집어삼킬 듯 달려드는 노도와 대결했다. 생사가 맞물리는 접경지대를 몇 번이고 건넜다.

항구에 입항하면 긴장을 풀려고 뒷골목에서 분 냄새나

는 속살을 탐하며 절제해 오던 본능을 발산했다. 호메로스의 대서사시에서 주인공 오디세우스가 트로이를 함락하고 돌아오다 동굴에 갇히고, 마녀의 부하가 되고, 요염한 노래에 유혹을 받으며 바다를 방랑했던 것처럼.

봄과 가을 산행을 한 지 벌써 15년이 되었다.

가을 산행에는 2백여 명이 모인다. 일박이일 일정으로 속리산, 계룡산, 금정산 등 명산을 돌아가며 산행한다. 부인들과 아이들도 참가해서 대갓집 잔치 분위기다.

지난번엔 전라북도와 충청남도의 도계인 대둔산을 등반했다. 나에겐 절벽을 끼고 올라가는 가파른 바윗길이 버거워 케이블카를 이용하려 했다. 한 시간 반을 기다려야 한다는 매표소 직원의 말에 별수 없이 걷기로 했다. 후배들이 근접 경호를 하듯 보살펴 주었다. 옛날 서로를 아껴 주던 인정이 아직도 남아 있어서인지.

기암절벽과 오색 단풍이 가을하늘 위로 치솟아 비경이다. 비경에 취했다. 젊은 날의 열정적이었던 장면들이 떠올랐다. 그 열정은 의무가 아니고 특권이었다. 이제는 그 열정과 특권은 나에게서 멀어져 갔다. 허망하게도……

땀에 흠뻑 젖은 채로 뒤풀이에 들어갔다.

음식이 꿀맛이다. 목포에서 올라온 홍어회에 막걸리가 으뜸이다. 포항의 전어회와 소주가 홍치를 돋우었다. 순천 시루떡은 포만감이 넉넉하다.

젊은이들이 주도하여 여흥이 벌어졌다. 팍팍 튀는 노래와 춤이 광란으로 몰아넣었다. 남녀노소가 하나가 되었다. 세상이 엄청 변했다. 내 젊은 날에는 상상도 못했던 젊은이들의 발상은 기상천외다.

나에게 노래를 청했다. 나의 애창곡 '안개 속으로 가 버린 사랑'을 배호를 흉내 내어 불렀다. 후배들이 우르르 스테이지로 몰려와 나를 에워싸고는 박수와 합창을 하며 군무로 화답했다. 행복감에 젖어 들었다.

나라를 구한 성업, 학문을 성취한 금자탑, 인공위성의 우주 도킹은 위대한 행복이다. 그것들은 서민들이 넘볼 수 없는 위인들의 영역이다.

하지만, 그 위인들도 가시밭길에서 소박한 행복이 순간순간 없었다면 위대한 행복을 성취할 수 있었을까.

소박한 행복이 있었기에 그 인생이 메마르지 않고 정진

했을 것이다. 메말라 버린 나무가 꽃을 피우고 열매 맺을
수 없듯이.

　　하여, 소박한 행복이 참 아름답다.

엄마를 부탁해

보고픈 다슬아!

네가 보고플 땐 너의 이메일을 읽는다.

너는 영어로, 할아버지는 한글로 이메일을 매일 했다. 너와 내가 주고받은 이메일을 프린트하여 둔 파일북이 여섯 권째다.

네 이메일을 읽고 또 읽고 베껴 쓴다. 왜일까? 할아버지를 사랑하는 마음이 소복이 담겨 있는 네 이메일을 읽고 베껴 쓰면 기운이 솟아나기 때문이다.

다슬아! 네가 초등학교 5학년 때 이런 이메일을 보냈다.

Dear Grandpa

Yeah, You must stay healthy until I go to Harvard.
Okay? I made some rules for us to follow.

Rules for Grandpa

1) Eat only healthy foods— no alcohol, no junk foods.

2) Try, if possible, not to get sick.

3) Always take the medicine the doctors give you.

Rules for me

1) Work hard to achieve my goal—go to Harvard.

2) Try not to get sick and eat only healthy foods.

3) Lose weight.

If we follow these rules, we might be to achieve our
goals.

그래, 이 룰은 너와 나와의 약속이다. 약속을 지켜 내가
건강해졌다. 너도 약속을 지켜 중학교 1년에서 최우등상

Distinguished Honor를 받았다.

내가 한국으로 돌아올 때, 네가 '하버드대학 입학 결심'을 프린트해서 주었지? '하버드가 최고 명문이니까 그런 꿈을 꾸겠지.' 라고 가볍게 생각했다.

그런데 여름방학에 Reading&Writing Camp에서 열심히 공부하여, 학교 Language Arts 수업이 너무 재미있다고 했다. 그래선지 네 수필과 시가 감동적이었다.

신경숙의 『엄마를 부탁해』란 소설이 미국에서 『Please, Look after Mom』으로 번역되어 선풍을 일으키고 있다. 뉴욕타임스가 '오늘의 책' 으로 선정했다. 문학전문 출판사가 10만 부를 인쇄하고도 2판, 3판을 출판할 계획이란다.

유명 서점 체인이 네가 사는 필라델피아를 비롯하여 미국 7개 도시와 유럽 8개 국가에 북 투어를 기획한단다. 24개국과 번역 출판 계약도 맺었고.

지금까지 한국문학이 외국에서 이처럼 선풍을 일으킨 일이 없었다. 한국의 시골 촌락 엄마가 세계 문화도시 뉴욕에서 부활했다. 신경숙이 '엄마…' 를 잘 묘사했지만 그보다 김지영의 번역이 더 출중하기 때문이란다.

　나는 '엄마…'를 읽으면서 목이 메었다. 나의 어머니, 그러니까 너의 증조할머니가 생각나서였다. 증조할머니께서는 소설의 '엄마'보다 더 혹독하게 더 처절하게 사셨다.

　그런 내 어머니께 효도 한 번 못했고, 어느 누구에게도 어머니를 부탁한다는 말 한마디 못했다. 그렇게 일찍 세상을 떠나실 줄 모르고…….

　다슬아! 너는 엄마를 많이 많이 사랑해야 한다. 건강하고 열심히 공부하고, 동생 다해와 다함을 귀여워해 주면 엄마를 사랑하는 것이다. 엄마는 처음 배 아파 널 낳았기 때문에 세상 누구보다 널 사랑한다.

　너희 딸 셋과 아빠 뒷바라지하느라 고생 많았다. 넉넉지 못한 살림살이에 보태려고 한국에서 영어를, 미국에서는 한국어를 가르쳤다. 할아버지는 엄마가 자랑스럽다.

　다슬아! 할아버지 소원이 하나 있다. 너는 Language Arts 수업을 통해 문학적 재능이 돋보였다. 하버드 학부에서 영문학을 전공하고 서울에 돌아와 대학원에서 한국문학을 연구하면 어떻겠니?

　우리나라는 중국, 러시아, 일본의 틈바구니에서 그들의 압제와 침략을 받았다. 일본의 식민지가 되었고 한반도가 세계의 전쟁터가 되었다. 그럼에도 반만년 수난의 역사를 극복하고 살아남은 문화민족이다.

　해서, 엄청난 문학 소재가 있겠으나 아직 노벨문학상이 없다. 이는 한국문학이 세계에 잘 알려지지 않았기 때문이다. 한국문학을 세계로 퍼내려면 한국문학과 영문학이 모두 능통해야 한다. 네가 한국문학과 영문학에 능통하면 『엄마를 부탁해』를 번역한 김지영보다 차원을 높여 한국 고전도 세계로 퍼낼 수 있다.

　우리 다슬이가 할아버지 소원을 들어주면 얼마나 좋을까!

　　　　　　　다슬이를 위해 항상 기도하는 할아버지.

타륜(舵輪)과 또 하나

남들은 값비싼 골동품이나 보석류, 또는 미술품을 애지중지한다. 하지만, 나에겐 남들이 거들떠보지도 않을 애장품이 둘이었다.

그중 하나는 타륜이다. 타륜은 선교船橋에서 선박의 항진 방향을 조종하는 장치로 손잡이가 달린 바퀴 모양이다. 일명 조타륜操舵輪, steering wheel이라 한다.

대한해운공사가 운항하다 민간인에게 매도된 여수호에 장착되었던 직경이 1미터쯤 되는 대형 타륜이다.

6·25전쟁 때, 철도 시설이 파괴되어 여객과 화물 운송

을 감당할 수 없었다. 해서, 인도에서 중고 기관차를 도입했다.

당시 항만에 중량기중기가 없어 유일하게 중량하역기 heavy derrick가 설치된 여수호로 기관차를 실어 날랐다. 철도 수송 애로를 타개하는데 일등 공신인 여수호는 우리 해운 역사에 기록될 선박이다. 그 여수호가 수명이 다 되어 선박해체 신청서가 접수되었다.

훗날 해양박물관에 기증하려고 여수호 소유자에게 타륜을 달라고 했더니 '어림없는 소리!' 라며 거절했다. 타륜이 실내장식용으론 그저 그만이니 그럴 수밖에.

막역하여 "어려운 조건을 붙여 선박해체 신청서를 반려할까요?"라고 농반진반, 협박 아닌 협박을 해 타륜이 내 손에 들어왔다. 이곳저곳으로 이사를 다니면서 신주단지 모시듯 애장해 오다가 한국해양대학에 박물관이 개관되었다.

타륜에 '선명, 선형, 총톤수, 조선소, 진수연월, 기증인' 을 기재한 아크릴판을 부착해 박물관으로 보냈다. 꽤나 오래되었는데도 애착이 커서인지 타륜이 잊혀지질 않는다.

선박은 동산動産이면서 건물이나 토지처럼 부동산으로 간주하여 법원에 등기를 한다. 또한 선박은 인격에 준한 대접을 받는다. 사람이 이름을 가지듯 선박도 선명船名을 가진다. 생년월일인 준수년월일進水年月日, 본적인 조선소造船所, 주소인 선적항船籍港을 선박원부에 등재한다.

선박의 수명이 다 되어 해체하면 선박원부에서 말소된다. 마치 사람의 출생신고와 사망신고처럼.

또 하나는 볼품없는 헌책이다.

어느 일요일, 당직 근무를 했다. 무료해 보조자에게 당직을 맡기곤 사무실로 올라가 방치해 둔 캐비닛을 열었다.

'노느니 염불한다.' 고 먼지가 푹석푹석 나는 서류를 뒤적였다. 훼손된 표지에 붓글씨로 『海事關係法規集』이라 쓰여진 헌책 한 권을 발견했다. 누렇게 바랜 조잡한 지질에다 인쇄판이 아니고 등사판이었다.

법령 공포일이 단기檀紀로 표기되어 처음엔 우리 법령인 줄 알았다.

자세히 살펴보다 망연자실했다. 일본 제국의 법률과 칙령, 조선총독부의 제령制令과 부령府令 등 일제의 법령을 우리말로 번역한 해사관계법규집이었다.

명치明治, 대정大政, 소화昭和 연호를 그대로 쓰기엔 민족 자존심이 허락되지 않았음인지 년대年代를 환산해 단기로 표기됐기 때문에 우리 법령처럼 보였다.

미 군정청이 조선인의 자유와 권리에 반하지 않는 한 일제 법령의 효력을 존속시켰기 때문이다. 최초의 대한민국 헌법 제100조에도 '현행 법령이 이 헌법에 저촉되지 아니하는 한 효력을 가진다.' 고 규정했다.

이 법령들을 소위 의용법령依用法令이라 한다.

5·16최고회의에서 법령을 제정할 때까지 우리 생명과 재산을 수탈했던 일제의 법령으로 우리 정부가 15여 년 동안 해사 행정을 했다니!

이 해사관계법규집에 뼈저린 식민지 역사가 있다고 생각되어 소중하게 보관해 왔다.

일본 제국이 패망됐어도, 대한민국 정부가 수립되었어도 식민지의 잔재가 그대로 남아 있다. 역사란 전봇대 뽑듯, 손톱 밑 가시를 빼듯 단숨에 청산되는 것이 아님을 보여 준다.

　이 헌책은 치욕의 역사라도 그 잔영이 오래 계속됨을 말해 준다. 이를 역사의 아이러니라 하는가!
　이제 『海事關係法規集』을 박물관으로 보내 주련다.

딸의 피아노

나에게도 고3 시절이 있었다. 55년 전에.

학교와 집을 오가며 한눈팔지 않고 대학 입시에 열중했
다. 그러다 일요일이면 책을 덮었다. 안식일이라서.

오전엔 주일학교 아이들을 가르쳤다. 오후엔 교외로 나
가 산과 들에서 싱그러운 공기를 마셨다.

어느 일요일, 사직공원 넘어 미션스쿨 수피아여고 옆길
을 걸었다. 학교 담장 너머에서 피아노 소리가 들려와 가
던 길을 멈췄다. 곡명은 모르지만 감미로운 선율이 가슴
을 적셔 주었다.

어느 선교사 부부가 피아노를 치고 있으리라고 상상을 했다. 부인은 건반을 두드리고 선교사는 그 옆에서 악보를 한 장 한 장 넘겨주는 정겨운 장면, 세상사에서 벗어난 두 사람만의 오붓한 시간, 두고 온 고국에 대한 향수…….

이렇게 내 멋대로 그려 보며 나도 훗날 선교사 부부처럼 음악이 있는 가정을 꿈꾸었다. 그로부터 10여 년이 지나 결혼했으나 그 꿈을 못 이루었다.

첫 딸을 낳았다.

친척과 친지들이 아이에게 과자 값을 손에 쥐어 주곤 했다. 그 돈으로 집 가까운 은행에 아이 이름으로 저금통장을 만들어 주었다.

아이가 날마다 몇 개 동전이나 천 원짜리 한 장을 들고 은행엘 갔다. 은행 창구가 높아 꼬맹이 얼굴은 보이지 않고 통장을 내미는 고사리손만 보였다.

은행이 꼬맹이 고객을 귀여워해 받침대를 만들어 주었다. 받침대를 딛고 올라선 꼬맹이에게 행원들이 손을 흔들며 반겨 줬다. 자기를 반겨 주는 것이 좋아선지 아침부터 은행에 가자고 졸랐다.

요일 개념이 없어 일요일에도 은행에 가겠다고 떼를 썼다. 어쩔 수 없이, 은행으로 데려가 문이 닫혀 있는 것을 보여 주곤 돌아왔다.

동네에서 피아노 레슨을 시작했다. 싫다지 않고 혼자 바이엘 교본을 옆구리에 끼고 하루도 빠짐없이 레슨을 받았다.

어린이 피아노 발표회에서 지정곡을 치고서 내려와야 하는데 계속 쳤다. 레슨 때처럼 계속 쳐야 하는 줄 알고. 선생님이 "이제 그만 내려가자."라는 말에 멋쩍어하며 무대에서 내려왔다. 그 천진함을 보고 웃음바다가 되었다.

〈호두까기인형〉 음반을 틀어놓으면 두 손을 허리에 얹고 까치발을 하고서 제법 제 엄마 흉내를 냈다. 음정이 발달되었음인지 리듬에 맞춰 손발을 놀리는 모습이 인형처럼 귀여웠다.

저금통장에 들어 있던 돈을 보태어 피아노를 사 주었다. 초등하교 2학년 때 신문사 콩쿠르에서 입상하여 재능을 인정받았다.

간단한 작곡도 했다. 내가 작사한 〈행복한 우리 집〉에 딸이 곡을 붙여 노래를 만들었다. 딸의 반주에 맞추어 아들과 아내 그리고 내가 가족 합창을 했다. 내 고교 시절의 꿈을 이루었다.

딸의 딸은 어미를 따라 피아노를 하다가 첼로로 바꿨다. 예원학교 오케스트라가 예술의 전당에서 졸업 연주를 했다. 첼로를 하는 학생들은 객석 쪽으로 두 줄로 자리를 잡았다.

무대 가까이에 앉아 있는 나를 보고 손녀가 생긋 웃었다. '그래, 너 참 장하다.' 고 손을 흔들어 답했다. 핏덩어리가 커서 무대에 서다니! 흐뭇해 콧등이 찡했다.

지금은 예고 학생이 되어 대학 입시를 준비하느라 정신없이 바쁘다. 할아버지와 손녀가 데이트 약속을 하고도 레슨 받으랴, 과외 공부하느라 몇 번 펑크를 냈다.

나는 불행한 시대에 태어나 음악에 접근도 못했다. 일제의 약탈, 남북 분단과 6·25전쟁 시대를 사느라 음악은 사치였고 그림에 떡이었다.

고등학교 때 우리 학급에 음악을 했던 친구가 둘이였다. 하나는 바이올린을 했다. 휴식 시간에 모여앉아 그의 바이올린을 들었다. 그를 얼마나 부러워했는지…….

또 하나는 피아노를 했다. 새벽에 몰래 음악교실 문을 따고 들어가 피아노를 치다 숙직 선생님께 들켜 호되게 질책을 받았다. 지금은 웬만한 집에는 피아노가 있지만 그때는…….

세계적인 음악가 정명화, 정경화, 정명훈 트리오가 그들의 어머니를 대한민국 음악의 모태라고 칭송했다. 굶주림에 허덕이던 시절에 세 남매를 미국으로 유학시켜 세계적인 음악가로 만들었으니.

그 어머니가 한국의 엄마들에게 음악의 열정에 불을 댕겼다. 클래식 음악의 올림픽이라는 제14회 차이콥스키국제콩쿠르에서 총 19명이 입상했다. 그중, 한국인 5명이 노른자위 부문에서 상위권을 휩쓸었다.

미국 국적으로 참가하여 2등을 했던 정명훈과는 달리 그들은 당당하게 한국 국적으로 참가했다.

유럽에서 음악 천재들이 황실과 귀족, 성당의 뒷받침을
받아 악성樂聖이 되었다. 우리나라에서는 엄마들의 열정
과 희생으로 국제적 음악가들을 배출한다.

엄마 치맛바람이 거세다고, 엄마의 대리만족이라고 폄
훼들 하지만 그래도 엄마들의 극성이 있었기에 오늘
날…….

애들 한글 이름

내 첫 작품이 태어났다. 1967년 11월 12일이다.

명동 성모병원에서 첫 대면을 했다. 수정처럼 맑은 눈망울이 "아빠! 내 예쁜 이름 지어 주세요."란다. "그래, 십 년 전에 네 이름 지어 두었단다."라 답했다.

1957년에 바닷가 수도원처럼 사회와 격리된 해양대학에 입학한다. 대학의 자유와 낭만을 모르는 채 혹독한 훈련과 엄격한 규율에 숨이 막힌다.

아름다웠던 고교 시절을 그리며 바다를 바라본다. 기선이 백파白波를 일으키며 지나간다. 농부가 쟁기질을 해 밭이랑을 짓듯, 뱃고물에 바다이랑을 남기곤 배는 어디론가 떠난다.

백파에서 두 단어가 연상된다. 하나는 **耕海**경해, 다른 하나는 **이랑**이다.

어차피 바다와 인연을 맺었으니 일생 바다를 갈며 살겠노라고 내 호를 '**耕海**'라 자작했다. 젊은이에겐 호가 건방지게 보여 마음에 담아 두었다가 중년이 되어 로터리클럽에서 사용했다.

이랑은 딸 이름으로 간직해 두었다. 씨를 뿌리고 가꾸어 수확하는 밭이랑은 여자의 생명 잉태에 비유된다.

미지의 세계로 떠나는 기선의 고물에 일렁이는 바다이랑엔 마도로스의 낭만과 향수가 담겨 있다. 또 이랑은 받침 없는 체언體言에 붙어 두 개 이상 단어를 연결해 주는 접속조사다.

하여, **이랑**은 아들딸 많이 낳아 화목하게 살라는 내 뜻이다.

고향 읍사무소 호적계장이 출생신고를 거부했다. 한글 이름이라는 이유로.

정부 수립 직후 제정된 '한글전용에 관한 법률' 에 '대한 민국의 공문서는 한글로 쓴다' 라고 규정되어 20년이 지났는데도 호적은 공문서가 아니란 말인가! 물러서지 않고 굳세게 밀어붙여 **이랑**으로 등재되었다.

딸 **이랑**은 자라면서 친구들과 잘 사귀고 다툼이 있으면 잘 해결해 주어 '해결사' 란 별명이 붙었다. 성 라자로마을에서 나환우를 위해 7년간 오르간 봉사도 하고.

집이 한적하다가도 **이랑**이가 현관에 들어서는 순간 전화벨 소리가 요란했다. 좋은 짝 만나 딸 둘을 낳아 건강하게 키우며 알뜰하게 산다.

한글의 눈물겨운 역정.

사대부와 유생들이 품격 높은 한문을 어쩌고 오랑캐 글을 창제하느냐고 극렬 반대했다. 세종대왕께서 총애하던 집현전 학사들까지도.

대왕의 지극한 애민철학이 없었던들 한글이 세상에 태어났을까. 반포하고도 언문諺文이라 천대받았다. 일제는 한글을 엄금했다.

광복 후 한글전용 법률이 공포되었는데도 호적계장은

나 몰라라했다. 컴퓨터 시대에 한글이 세계적 문화유산으로 찬란히 빛나겠지만.

둘째는 아들이다. **한결**이란 이름 지어 주었다.

'한결같이' 변함없이 살면 아비보다 '한결 낫다' 는 염원에서다. 이름 따라 애비보다 키도 크고 준수하고, 학문은 말할 것도 없고.

옆도 뒤도 돌아보지 않고 앞만 바라보고 한결같이 걸어가 미국에서 고답한 철학 교수가 되었다. 이제 40대 중반이니 세상을 즐기며 살 수도 있으련만 자신의 학문이 부족함을 알고 연구와 강의에만 몰두한다.

아득히 멀고 고달픈 학문의 길은 언제까지일까! 평생 남편 뒷바라지할 며느리가 안쓰럽기도 하고.

첫 손녀가 태어났다. **다슬**이다. 자신을 스스로 잘 다스려 건강하고 착한 사람이 되어 이웃과 사회에 봉사하라고.

다슬이는 초등학교 4개월을 다니다 미국엘 갔다. 처음엔 영어를 말할 줄도, 알아들을 줄도 몰라 외톨이었다. 스스로를 잘 다스려 중학교 1학년에서 최우등생이 되었다.

다슬이가 '다슬' 뜻을 마음에 깊이 새겨 두었나 보다.

둘째 손녀의 이름은 '다' 를 항렬로 해서 **다해**다. '최선을 다하라' 는 뜻이다. 그래선지, **다해**는 가만히 있지를 못한다.

글을 모르는 애가 책장을 넘기며 글 읽는 시늉을 한다. 연필을 잡고 글 쓰는 흉내를 낸다. 크레파스로 그림을 그린다고 색색으로 황칠을 한다.

유치원에 들어가기도 전에 책을 술술 읽는다. 언니하고 다툴 때 영어를 쏟아내면 언니가 감당을 못한다.

셋째 손녀는 **다함**이다. '다함께' 란 뜻이다.

언니들이 학교에서 돌아오면 목을 껴안고 얼굴을 비벼대며 어찌할 바를 모른다. 강아지처럼. 유별나게 두 언니들을 따른다. 세 자매가 다함께 어우러져 시끌벅적하다.

세 손녀가 스스로를 **다스리려 다함께** 최선을 **다하면** 태산도 옮길 수 있으리라. 이 할아버지는 먹지 않아도 배가 부르다.

하지만, 아쉬운 게 있다. 내 가계家系가 아니라 두 외손녀에겐 한글 이름을 못 지어 준 게. 모두가 한글 이름이면 얼마나 좋을까.

과학적이고 미학적인 한글을 창제해 주셔서 애들 한글 이름을 짓도록 해 주신 성군께 한글날에 즈음하여 감사와 존경을 삼가 바친다.

제3부 | 무궁화

세월의 무게를 견디며

목숨을 내놓은
사랑의 목마름을
끝까지 견디어 내며
무거운 세월을
가볍게 피워 올리는
하얀 무궁화꽃
성실의 옷 차려입고
오늘도 우리에게
넓어지라 하네
밝아지라 하네
_이해인

폴 없는 할매

"거 누구시오?"

반응이 없다.

'내가 꿈을 꾸었나.'

중얼거리며 잠을 청하는데 봉창을 찰싹찰싹 두드렸다.

할머니는 황급히 밖으로 나가셨다.

"영철이올시다."

숨죽여 말했다.

"아니, 네가 이 밤중에!"

"이것 좀 맡아 주십시오."

"뭔데?"

“폭탄입니다.”

“웬 폭탄을?”

“경찰서에 갇혀 있는 동지들을 구하려다 경비가 삼엄해서…….”

하고는 바람처럼 사라졌다. 일제가 지방에 경찰서와 헌병대를 설치하고 징용과 공출을 거부하는 조선인들을 감금하고 고문했다.

영철이는 할머니 친정집 머슴 이 서방의 아들이다.

이 서방은 천주교 박해를 피해 지리산을 떠돌다 가을걷이하는 데서 서성거렸다. 친정아버지가 부자父子를 집으로 데려와 총명한 영철이에게 잔심부름을 시키며 글을 가르쳤다.

“천한 것이 글을 배워 뭐합니까. 식자우한이라는데요.” 이 서방의 뼈 있는 말에 “사람이 글을 모르면 금수와 다를 바 없네. 내게 맡겨 두게.”라며 잘랐다.

영철이는 장성하여 집을 떠나 부산항에서 부두 노동을 하면서 일제의 수탈에 저항했다.

1918년 정초, 집은 텅 비었다. 민속놀이를 보려고 맹순이마저 세 살 배기 첫째 누나를 업고 나갔다. 집엔 할머니와 어머니뿐이었다.

그때 난데없는 폭음과 함께 집이 무너져 내렸다. 작은방에서 바느질을 하던 어머니는 옆문으로 튕겨져 나갔다. 방구들에 파묻힌 할머니는 만신창이였다.

뒤뜰 대밭 너머에 있는 순사들이 들이닥쳤다. 순사들은 항일분자의 소행으로 단정하고 어머니를 추달했으나 아는 것이 없었다.

할머니는 진주도립병원으로 이송되었다. 두 팔목이 잘렸다. 마취에서 깨어나 "내 손은!" 하고는 기절했다.

고등계 형사의 끈질긴 심문에 "내가 밭엘 가다가 돌부리에 걸려 엎어졌소. 코앞에 보자기가 있었는데 돌아올 때도 그대로 있어 주어 왔소. 손녀 노리개 만들어 주려고 주무르다가 그만……." 이라고 간신히 대답했다. "그걸 말이라고 하시요!"라며 닦달했지만 중환자의 문초가 불가능했다.

3년간 입원 치료하다 집으로 돌아오셨다. 죽은 줄 알았던 할머니가 돌아온다는 소문을 듣고 사람들이 모여들었다. 두 팔목은 잘리고 피골이 상접했다. 왼쪽 눈은 움퍽 패였고 머리와 팔에 붕대가 감겨져 유령 같았다.

아이들은 무서워 울고, 어른들은 참혹해 울었다. 이때부터 할머니는 내 고향 사투리로 '폴 없는 할매' 라 불리어졌다.

어머니의 지극정성으로 살이 오르고 기운을 차리자 부축을 받아 걸음마 연습을 했다.

몽당팔을 어루만져 주는 친정 동생에게
"영철이 소식은?"
"영철이는 왜요?"
"그냥, 그저……."
"영철 아범은?"
"누님 사건 후 고향 간다며 떠났습니다."
대답하며 의아하다는 듯 할머니를 한참이나 쳐다봤다.

먹고, 씻고, 대소변, 모든 것을 스스로 할 수 없는 참담함. 연자매 멍에를 며느리에게 짊어지워 준 자신을 비관

해 몇 번이나 목숨을 끊으려 하셨다가 응급조치로 구명되었다.

이럴 수도 저럴 수도 없어 손자들에게 정을 붙였다. 막내 손자인 나에겐 각별하셨다.

나는 할머니 무릎에서 옹알이를 하다 잠들고 젖가슴을 만지작거리며 자랐다. 손이 없어 내 콧물을 입으로 빨아 내고 배탈이 나면 뒤가 헌다고 혀로 핥으셨다. 세상에 이런 할머니가 또 있으랴!

나는 고사리손으로 담뱃대에 담배를 꽁꽁 눌러 넣어 할머니 입에 물려 드리고는 성냥을 당겼다. 절절한 한탄을 담배연기로 토해 내셨다.

동네 거지가 애기를 낳으면 쌀과 간장을 챙겨 달라고 해 맹순이에게 들리곤 시장에서 미역을 사 움막집으로 가셨다. "애기를 내게 좀 안겨 주게." 그러고는 몽당팔로 애기 얼굴을 쓰다듬으며 "잘 키우시게." 하며 당부하셨다.

스물아홉 해, 한의 세월을 살다 해방 이듬해에 돌아가셨다. '인생은 빈손으로 왔다 빈손으로 간다' 하지만 할머니는 빈손으로 오셨다 손 없이 떠나셨다.

달포가 지나 세파에 시달린 노신사가 찾아왔다. 그는 영전에 재배하며 "마님! 죽을죄를 지은 제가 이제야 왔습니다. 나라 찾겠다고 만주와 시베리아에서 풍찬노숙했습니다."라며 흐느꼈다.

할머니 가슴 깊이 묻어 둔 30년 비밀이 이렇게 드러났다. 망국의 한을 품은 채 무서리에 스러져 간 이름 모를 들꽃이 '폴 없는 할매' 뿐이랴.

목이나 팔다리가 잘린 조각예술을 토르소라 한다. 로마의 토르소는 고대 조각예술의 걸작으로 평가된다. 비극을 아픔으로 견뎌 낸 '폴 없는 할매'가 아름다운 토르소 조각예술로 내 마음에 살아 계신다.

뉴기니 정글의 혼령들

언제쯤일까? 곰곰이 생각해 보면 내 나이 네댓쯤이다. 70년이 지났는데도 어쩜 그 장면이 이렇게 생생할까.

내가 '엽연초경작조합'으로 형님을 찾아갔다. 형님은 날 번쩍 들어 껴안고 일본 빵집으로 가 나마가시와 과자를 사서 어머니에게로 갔다. 어머니는 밭에서 목화를 따고 계셨다. 셋이 언덕에 나란히 앉아 빵과 과자를 먹었다.

어린 내가 알아들을 수 없었지만, 아마도 "널, 전쟁터에 보내 놓고 내가 어찌 살꼬!" "걱정 마세요. 꼭 살아 돌아올게요."라는 모자간의 애틋한 대화였을 것이다. 그 정경이 형님이 나에게 남겨 준 유일한 기억이고 추억이다.

일제가 1941년 12월 7일 진주만을 기습 폭격하여 태평양전쟁이 발발되었다. 일제는 침략의 야욕을 대동아공영권이란 명분으로 포장했다. 회유하고 협박하며 조선의 젊은이들을 침략전쟁으로 내몰았다. 그런데도 지원병이라 했다.

세계 해전 역사에서 유례없는 대병력을 동원해 미드웨이를 공격했으나 미국의 역공에 패퇴되었다. 이어 솔로몬 군도와 과달카날 전쟁에서도 연전연패했다.

형님은 '조선인지원병훈련소'에서 6개월 훈련을 받고서 뉴기니에 배치되었다. 맥아더 남서태평양사령관을 몰아내기 위해 뉴기니의 알프스 스턴레이산맥 4천 미터를 넘어가야 했다. 첩첩 정글에서 굶어 죽고 얼어 죽고 풍토병으로 16만 명이 사망했다. 그중에는 조선인 5천 명이 있다.

미군 선봉대장은 '일본 야전병원의 참상에 몸서리쳤다. 수많은 시체들이 방치된 채 부패되었다. 겨우 목숨만 붙은 병사들이 아사 직전의 벌레들처럼 꿈틀거렸다.'고 기술했다.

그런 줄 모르는 어머니는 새벽 4시면 정화수를 떠놓고 "비나이다, 천지신명님! 제 아들 김종수 살아 돌아오게 해 주소서!"라며 지극정성으로 비셨다. 한겨울에 찬물로 머리를 감아 머리칼에 고드름을 달고서.

일본이 패망하자, 아들이 돌아온다고 덩실덩실 춤을 추셨다. 형님은 끝내 돌아오지 않았다. 어머니는 가슴에 숯 검정을 안고 세상을 떠나셨다.

나는 은퇴하고서야 형님의 생사 확인에 나섰다. '태평 양전쟁희생자유족회' 와 '정부기록물보존소' 를 오가며 〈1943년 1월 30일 동부 뉴기니 노코보에서 전사〉라는 형님 사망을 확인했다. 망망한 태평양 건너에 있는 조국과 부모 형제를 얼마나 애절하게 그리며 눈을 감았을까.

한일협정 때, 우리 정부는 일본으로부터 전사자 명단을 접수하고도 유족들에게 알리지 않았다. 이런 한심한 작태 가 세상에 또 있으랴!

형님 제사를 모셨다. '가엾은 둘째 형을 찾아봐라.' 라는 어머니의 당부가 환청으로 들렸다.

태평양전쟁에 참전했던 분과 전사자의 조카 그리고 나, 세 사람이 뉴기니 현지에서 위령제를 모시기로 했다. 원혼을 달래는 추도사를 쓰고, 말라리아 예방주사를 맞고, 태극기와 제수祭需, 형님의 사진과 수의를 준비해 떠났다. 도쿄에서 비행기를 바꾸어 타고 적도를 넘어 뉴기니 수도 포터 모레비스에 도착했다.

대사관 서기관이 마중 나왔다. 대낮에도 총격전이 일어나 가족들이 자유롭게 외출을 못한다 했다. 우리 재외공관들 중에 뉴기니가 최빈국이다. 현재도 이런데 60년 전에는 어땠을까.

정글로 뒤덮인 산악지대라 도로가 없어 비행기를 이용해 태평양 바닷가 '웨악' 에 착륙했다.

2002년 4월 30일, 우리 민간인 세 사람이 대한민국을 대표하는 마음으로 태극기를 게양하고는 식순에 따라 경건하게 위령제를 올렸다. 원주민 30여 명도 참가했다.

나는 추모사를 낭독했다.

참혹한 태평양전쟁이 끝났음에도 이역만리 뉴기니 정글을

떠도는 영령들이시어!

잔학무도한 일제가 패망하고서 대한민국 정부가 수립된 지 60년을 지난 이제야 영령들 앞에 엎드린 저희를 용서하소서.

―중략―

원한의 눈물을 닦아 드릴 그날이 올 것이오니, 피맺힌 통한을 접어 두시고 이제 편히 잠드소서!

그날 밤, 지붕을 요란하게 두드리는 스콜 소리에 잠을 깼다.

호텔 낭하에서 개가 자지러지게 앓는 소리가 들렸다. 온몸에 소름이 돋았다. 위령제를 끝내고 불태웠던 수의를 입고 창백한 얼굴에 머리칼이 듬성듬성 빠진 형님이 마치 로봇처럼 뒤뚱거리며 다가와 '동생, 고마워! 여기까지 와 주어서…….' 라고 말하고는 사라졌다.

환상일까! 환청일까! 얼마나 억울했으면 혼령으로 나타났을까!

나라도 말도 글도 이름도 빼앗겼다. 침략 전쟁에 끌려가 청춘도 빼앗기고 정글에 떠도는 원혼이 되었다.

귀국하여 "형님이 묻혀 있는 뉴기니에서 가져온 흙입니

다."라며 어머니 묘 주위에 뿌려 드렸다.

돌아가신 지 66년 만에 사망신고를 했다. 구청을 나오면서 "아이고, 불쌍한 우리 형님!"라며 눈물이 흘러내렸다. 자식도 없고 호적마저 제적되어 형님은 세상에 왔다간 흔적도 없다.

형님 기일에 제사상 앞에 엎드려 "하느님! 불쌍한 형님께 영원한 빛을 주소서. 영원한 안식을 주소서!"라고 연도를 드린다.

위령제 때부터 인연을 맺은 카리타스 수녀원이 뉴기니 빈민촌 어린이를 위해 봉사를 한다.

"금년에도 우리 수녀원에서 6명의 사제들이 주례하는 형님 연미사를 봉헌했습니다. 하늘나라에서 편안한 안식을 누리시리라 믿습니다."라는 세노리나 수녀님의 이메일이 왔다.

내가 죽으면 불쌍한 형님을 누가 챙길꼬!

여름밤의 추억

올여름처럼 혹독한 더위가 또 있었을까. 찜통 같은 열대야에 잠 못 이뤄 뒤척이다 할아버지와 함께 살던 옛 고향집 여름밤이 생각난다.

헛간 초가지붕에 박 넝쿨이 무성했다. 하얀 박꽃들이 대낮엔 뙤약볕에 시들시들했다가도 어둑어둑해지면 달을 쳐다보며 생글거렸다.

마당에 덕석을 펴고 할아버지랑 나란히 누웠다. 매콤한 모깃불 냄새, 뒤뜰 대밭에서 불어오는 시원한 바람, 먼 옛날인데도 어제와 같이 생생하다.

구름 속으로 흘러가는 달을 말없이 쳐다보시던 할아버지는 기울어 가는 가운을 한탄하셨음인지 간간이 한숨을 내쉬셨다.

할아버지께서 물으셨다.
"저 달에 무엇이 있을꼬?"
"토끼가 방아를 찧고 있지요."
"그래, 그렇단다. 달나라에 가고 싶으냐?"
"예, 가고 싶어요."
"어떻게 갈래?"
"돛대도 삿대도 없는 큰 종이배를 타고 구름에 실려 갈 래요."
"그래, 꼭 그렇게 해 봐라."
얼토당토아니한 내 동심을 화답해 주셨다.

부지런하시기 그지없는 할아버지는 동이 틀 무렵 개똥 망태를 메고 밖으로 나가 개똥을 주어다 뒷간에 쏟아부었 다. 부엌 허드렛물도 한 방울 버리지 않고 뒷간에 붓게 하 셨다. 비료가 없는 시절이라 인분으로 농사를 지었다. 돼

지우리와 외양간의 거름을 논밭에 뿌려 지력을 높였다. 머슴들보다 쟁기질이나 도리깨질도 잘하는 만능 농군이셨다.

취미도 다양하셨다. 농한기엔 덕석과 가마니를 짜고, 짚신도 몇 죽씩 엮어 곡간에 매달아 두었다. 돌감나무에 접을 붙여 장두감이 여는 원예 취미와 활과 엽총의 사냥 등등.

물려받은 전답도 많았지만, 몸에 밴 근면 절약과 절기를 맞추어 농사를 지어 부농이 되셨다.

그러나 뜻밖의 재앙이 닥쳤다. 할머니 가까운 지인이 두고 간 폭탄이 폭발하여 할머니는 만신창이가 되셨다. 진주도립병원에서 3년간 입원 치료를 했으나 두 팔을 잃고 상처투성이로 집에 돌아오셨다.

항일 조선인들을 검속하던 때라 순사들은 폭발물이 독립운동과 연관이 있는 것으로 짐작하고 괴롭혔다.

뿐만 아니라 조선총독부가 토지조사를 실시했다. 토지조사국에 까다롭게 토지신고를 하도록 했다. 친일 인사들에게는 사전에 귀띔을 해 주어 토지 신고를 필했다.

그러나 많은 농민들이 신고 방법을 몰라 토지를 몰수당했다. 몰수한 토지를 동양척식회사나 일본인에게 불하했다. 할아버지도 토지를 빼앗겼다.

집안의 기둥이 되어야 할 아버지는 방랑으로 논밭을 팔고 집을 저당 잡혔다. 무너지는 집을 기둥으로 괴이기는커녕 기둥을 뽑아냈다.

땀 흘려 쌓은 할아버지의 성은 무너져 내렸다.

어느 날 할아버지가 농기구를 챙기셨다. 할아버지는 곡괭이와 삽을 메고, 나는 낫과 호미를 들고 뒷산으로 올라갔다.

대밭과 언덕 사이에 공터를 곡괭이로 파들어 갔다. 곡괭이질을 하시다가 여러 차례 '아이고 허리야!' 하며 손등으로 허리를 두드리셨다.

갈퀴로 뿌리와 잡초를 걸어 내니 비옥한 텃밭이 되었다. 가산이 탕진되어 절망의 나날을 보내시던 노쇠한 기력이지만 텃밭을 일구신 것이다!

완두콩을 심었다. 줄기덩굴에 하얀, 분홍, 자줏빛 형형색색의 완두꽃들이 탐스럽게 피었다.

할아버지는 완두꽃을 물끄러미 바라보며 "네 애비처럼 세상을 살지 말거라." 하고 말씀하셨다.

불구의 할머니가 인고의 세상을 사시다 숨을 거두시던 날, 할아버지는 "흑 흑……." 하며 눈물을 삼키셨다.

그러고는 네 해를 지나 여든둘에 세상을 떠나셨다. 일생 동안 애써 쌓은 할아버지의 성이 안개처럼 사라져 한을 품은 채…….

노환도 없이 어쩌면 그렇게도 정갈하게 눈을 감으셨을 까! 돌아가신 지 60년이 되었건만 무더운 이 여름밤에 유난스럽게도 할아버지에 대한 기억이 생생하다.

압록강 저편에

2011년 가을, 옛 직장 동료들과 함께 인천항을 출항했다. 카페리가 밤새워 항해해 이튿날 아침 대련항에 입항했다. 버스로 갈아타고 여순 감옥으로 이동했다. 독립을 위해 형극의 삶을 살다 순국하신 안중근 의사의 영전에 머리를 숙였다. '넌, 무얼 했느냐?'란 질책의 목소리가 들리는 듯했다.

버스는 방향을 바꾸어 단둥으로 달렸다. 끝없이 이어지는 옥수수 밭을 차창 너머로 바라봤다. 압록강을 건너온 독립투사들이 이 길을 풍찬노숙하며 오고 갔을 것이다. 나는 사치스럽게 관광을 하고 있다니! 마음이 편치 않았다.

해가 저물어 압록강 강변 도시 단둥에 도착했다. 거리에는 사람들과 자동차들이 뒤엉켜 넘쳐흘렀다. 고층 빌딩과 상가에서 내뿜는 휘황찬란한 불빛은 불야성이었다. 중국의 변방 도시인데도.

그런데 압록강 저편에는 불빛이 보이지 않았다. 한반도 북문北門이며 국경의 제일 도시였던 신의주는 캄캄한 강촌이 되었다. 수천 리 뱃길과 찻길을 돌아왔는데도 강 건너 내 땅에 발을 디딜 수 없다니!

다음 날, 단둥 선착장에서 소형 선박에 탑승했다. 북한 땅을 끼고 서쪽으로 압록강을 항행했다. 민둥산 꼭대기와 중턱에 허름한 경비 초소가 압록강을 내려다보고 있었다.

강변에서 서성거리는 초췌한 군인들이 사진을 찍지 말라고 손사래를 쳤다. 배가 없는 선착장은 폐가처럼 적막했다. 방파제가 동강나 절반은 물속에 잠기고 절반은 하늘을 쳐다보며 '왜 나를 이렇게 내버려 두느냐!'고 원망하는 것 같았다.

되돌아올 때는 우적도를 왼편에 끼고 항행했다. 수확의 계절인데도 농부들은 보이지 않고 정치구호 간판들이 눈에 띄었다. 농촌이 참 을씨년스러웠다. 한 여인이 강가에서 빨래를 하고 있었다. 우리 배를 흘긋 보고도 못 본 체 빨래를 계속했다. '나도 저 배를 타고 자유롭게 멀리멀리 가 봤으면!' 하는 생각을 하지 않을까.

왠지 빨래하는 그녀의 모습이 자꾸만 눈에 어른거렸다. 내 어렸을 때, 고향 시냇물에서 빨랫방망이를 두드리던 동네 누나의 모습과 겹쳐서일까.

북한 동포들이 압록강을 몰래 건너올 만한 단둥 강변에는 철조망이 앙칼지게 버티고 있었다. 온갖 짐승들은 오고 가건만 북한 동포들만 건널 수 없다. 철의 장막이 따로 없다. 남으로도 비무장지대 철조망이 반도의 허리를 잘라 북한 동포는 고도에 갇혀 버렸다. 거대한 도가니 속에서 질곡과 기아로 신음하고 있다.

옛날 고구려 백성들은 장 보러 가고 시집장가 가느라 나룻배를 타고 압록강을 건넜을 것이다. 피가 섞이고 문물을 교류하며 강성해진 고구려는 동북아를 호령했다.

그러다 흥망성쇠의 역사를 피할 수 없어 역사의 뒤안길로 사라졌다. 고구려 조상들은 지하에서 북한의 참상을 얼마나 애석해하실까.

북한 식당에서 저녁을 먹고는 그 자리에서 공연을 봤다. 여자 7인조가 오르간, 아코디언, 만돌린을 연주하면서 "우리 민족끼리 통일을……."이라며 열창했다. 보기 드문 미인들이었다. 남남북녀라 했던가!

K-pop이 파리, 런던, 뉴욕에서 세계를 열광시키는데 외화 벌이를 위해 식당에서 서빙을 하며 볼품없는 공연을 하는 그들이 안쓰러웠다.

다다음 날, 압록강 철교를 걷다가 중간쯤에서 되돌아와야만 했다. 6·25전쟁 때 폭격을 맞아 신의주 쪽으론 상판은 날아가고 교각들만 앙상하게 남아 있다. 더 나아갈 수 없었다.

그 옆에 중국이 새로 건설한 철교에 기차와 자동차가 지나갔다. 단절된 부분을 보수하면 될 터인데 왜 새로 건설

했을까. 60년 넘도록 방치한데는 미국에 대한 적개심을
웅변함일까.

 압록강은 인간 세상이 야속하다는 듯 말없이 황해로 흘
러간다.

철의장막에 불은 꺼지고

30여 년 전, 1983년 8월 29일 오후 4시 김포공항 JAL 데스크. 여권과 항공권을 보고는 놀란 듯 "소련에 가십니까?"라고 물었다. 그렇다고 하였더니 여기저기에 전화 다이얼을 돌렸다.

기관원들이 이리 떼처럼 몰려왔다. 옥신각신하다가 가장 힘센 기관원이 날 낚아챘다. 이것저것 꼬치꼬치 묻고는 어디엔가 전화로 보고를 하고 나를 놓아 주었다.

일본 하네다공항에서 KAL 배지를 단 사람이 다가와 "김국장님이시지요."라며 확인하고는 "한국 사람이 소련에

처음 가기 때문에 일본 입국이 까다로울 겁니다. 문제가
생기면 그때 돕겠습니다.” 그렇게 말하고는 먼발치에서
나를 바라보고 있었다. 입국 수속이 끝나자 명함을 주며
“도움이 필요하면 연락하세요.” 하고는 가 버렸다.

다음 날, 비자 신청을 하려 소련영사관엘 갔다. 소련을
상징하는 사진들이 벽에 걸려 있었다. 중앙엔 모스크바와
레닌그라드, 왼편엔 강철처럼 냉철한 인상의 레닌, 오른
편엔 발레를 하며 튀어나올 것만 같은 발레리나.

사진을 보며 갖가지 생각이 꼬리를 물었다. 일본에서 한
국 선원들이 조총련 친척을 만났다고 감옥엘 갔다. 여기
앉아 있는 것도 국가보안법 위반인데 내가 철의장막엘 가
다니! 갔다 돌아오면 어떻게 될까. 크렘린궁과 붉은광장
은 어떤 곳일까. 소련 인민은 공산주의로 인간 개조가 됐
을까?

비자를 받고 소련항공사에 갔다. 좌석이 없다고 했다.
아무리 사정해도 소용없었다. 도리 없이 KAL 배지에게
협조를 구했다. 한참 후, 소련항공사에 가 보라고 전화가

왔다. 내가 아무리 사정을 해도 없다던 좌석을 한마디 말도 없이 주었다. 공산 종주국과 반공 전위국의 정보원끼리는 비밀통로가 있을까.

다음 날, 8월 31일 하네다공항을 이륙했다.

시베리아는 한여름인데도 눈에 덮여 있었다. 습지인 듯한 곳에는 햇빛에 반사되어 번쩍거렸다. 모스크바 강엔 유람선들이 유유히 항행했다. 평화스럽게 보였다.

입국 검사대에서 곤욕을 치렀다. 소지품을 내어놓았는데도 1차 불합격. 호주머니에 있는 동전 몇 개를 내어놓았는데도 2차 불합격. 손목시계를 풀었는데도 3차 불합격.

안경까지 벗고 4차로 검사대를 통과할 때는 이놈들이 팬티까지 벗기겠구나 하는 생각으로 불안했다. 한국에 대한 적대감이 역력했다.

공항 환전소 앞에 사람들이 길게 줄을 서서 차례를 기다렸다. 나는 미화 100불을 내어놓았다. 서류를 한참이나 뒤적여 74루블 74코팩을 계산하고서도 몇 번이나 돈을 세어 내주었다. 공정환율은 암시장의 1/3밖에 안 된다. 소련 정부가 고정시켜 놓은 환시세다.

폐차장에 벌써 갔어야 할 택시를 타고 러시아호텔로 갔다. 택시 기사는 잔돈을 줄 생각도 않고 가 버렸다. 사회 기강이 무너진 것 같다.

호텔 현관에서 열쇠 장사처럼 가슴에 훈장을 주렁주렁 단 안내원이 저쪽 현관으로 가라고 나를 밀어냈다. 저쪽 입구에서도 문전박대를 당했다. 세 번째 현관으로 겨우 들어갔다. 20개의 부스에 직원들이 잡담을 하고 있었다.

체크인을 모두 자기 소관이 아니라고 거절했다. 국제해사기구IMO 서류를 내놓고 항의했더니 16번 부스에서 체크인을 해 주었다.

호텔 출입증과 키를 받아들고 6층 116호실로 들어갔다. 물에 젖은 솜처럼 축 처진 내 몸을 침대에 내동댕이쳤다. 소련은 동맥경화 증세가 완연했다.

소련에서 첫날 밤 새벽, 1983년 9월 1일 06시 24분에 사할린 상공에서 소련 요격기가 KAL기에 미사일을 발사했다. 탑승자 269명이 전원 몰살되었다.

그 시각 나 홀로 소련에 있었다. 동서 냉전이 절정으로 치닫고 있던 그때. KAL기 폭파 굉음은 소련의 조종을 알리는 소리였다.

레닌은 "세계 약소민족들이여! 빵과 땅과 자유를 주겠다."고 외쳤다. 반대로 스탈린은 연해주에 거주하는 우리 동포들을 황량한 중앙아시아에로 내몰았다. 수많은 동포들이 굶어 죽고 얼어 죽었다.

김일성으로 하여금 한반도 적화 시도를 했다. 전 국토가 초토화되었다. 그러고도 부족해 미사일로 KAL기를 폭파했다. 한민족 생존을 짓밟은 소비에트였다.

인공위성을 최초로 달나라에 착륙시킨 최첨단 과학 국가였다. 핵과 미사일을 개발하여 미·소 양극화가 되었다. 동구권을 위성국가로 만들었고, 아시아와 아프리카, 중남미에 공산혁명을 수출해 공산주의 종주국이 되었다. 하지만, 내 눈에는 소련이 붕괴되고 있었다.

카메라용 건전지를 사려고 흑해 연안 항구들을 뒤졌으

나 없었다. 사람들이 아이스크림을 사려고 길게 줄을 서
기다리다 매진되자 구등구등 불평을 하며 돌아갔다. 상품
이 화학 처리가 되지 않아 냄새가 역겹고 눈이 시렸다. 생
필품이 부족하고 불량하여 인민들이 고통을 받고 있다.

오데사에서 민박을 했던 집은 빈민굴보다 더 불결했다.
국립묘지에서 퍼레이드하는 소년병들은 생기 없는 꼭두
각시였다.
자르 정권을 무너뜨리고 노동자 농민을 해방시킨 위대
한 사회주의 혁명을 고장 난 축음기처럼 반복했다. 정치
는 과잉되고 인민은 빈궁에 허덕였다.

KAL기 사건으로 국제 여론이 들끓어 자유세계 항공기
가 소련 취항을 거부했다. 그로인해 모스크바에서 열흘을
머무르며 이곳저곳을 살펴봤다. 철의장막에 등불이 꺼져
가고 있었다.

소련은 70년 만에 붕괴되었다. 동구 공산 정권도 무너졌
다. 소련의 궤적을 충실히 따른 북한도 70년을 한계로 종

말을 고하게 될지? 굶주린 동포들의 탈북과 강제 송환의
악순환은 끝이 보이지 않는다.

하느님! 신음하는 동포들에게 빛을 비추어 주소서!

제4부 | 은방울꽃

기쁜 종소리 들린다

삶이란
종소리를 듣는 기쁨인가요?
가슴에 쌓인 노래들이
마침내 터져 나와
조롱조롱 달려 있는
하얀 은방울꽃 기도를
당신께 드릴께요
_이해인

몸은 둘, 마음은 하나

눈빛만 보아도 상대의 마음을 꿰뚫어 볼 수 있다. 진실한 믿음과 사랑이 있으면, 몸은 둘이지만 마음은 하나이기 때문이다.

성경에서, 그리스도와 베드로는 한 마음이다.

깜깜한 새벽에 유령이 바다 위를 걸어와 제자들이 공포에 떤다. "나다, 두려워마라."라는 스승의 목소리를 듣고는 베드로가 잽싸게 "저더러 물 위를 걸어오라 하십시오."라고 외친다. "그래, 오너라."라는 허락을 받고 바다 위를 걷다가 물에 빠지자 "주님, 살려 주십시오."라고 애원한다.

　사제들과 율법학자들에 의해 죽임을 당한다고 하자 베드로가 "맙소사, 스승님에게 그런 일은 결단코 일어나지 않을 것입니다."라고 말한다. 스승의 불행을 용납지 않겠다는 결연한 사랑의 표현이다.

　경비병들이 스승을 잡으려 몰려든다. 베드로가 칼을 뽑아 대사제의 종의 귀를 자른다. 스승을 위해선 물불을 가리지 않는다.

　죽는 한이 있어도 스승을 배반하지 않겠다고 맹세하고는 "나는 그 사람을 알지 못하오."라고 세 번이나 부인한다.

　이처럼 베드로의 성격이 울쑥불쑥함에도 "스승님은 살아 계신 하느님의 아들 그리스도이십니다."라고 스승을 꿰뚫어 보는 고백에 "내 양들을 돌봐라." 하시며 하늘나라의 열쇠를 맡긴다. 그 열쇠가 베드로 초대 교황부터 시작해 266대 프란시스코1세 새 교황까지 2천 년을 계승되어 온다.

　그리스도와 베드로의 한마음은 시공을 초월한다.

낮은 차원에서, 어머니와 나는 한마음이었다.

퇴락된 집안에서 어머니는 42세 노산으로 나를 낳으셨다. 젖줄마저 말라 버려 암죽으로 나를 키웠다. 꺼져 가는 생명을 살리려 안간힘을 쏟으셨다.

허약해 감기, 폐렴, 배탈 등 병을 달고 살았다. 병원으로 달려가고 한약을 달여 먹였다. 끙끙 앓는 내 곁에서 이마에 물수건을 바꾸어 가며 밤을 지새우셨다. 눈을 뜨면 근심스럽게 내려다보면서 "내가 너를 대신해 아팠으면 좋으련만!" 하고 한숨을 쉬셨다.

인고의 세월로 인해 가슴앓이를 하셨다. 통증을 못 견뎌 방 네 귀퉁이를 헤매셨다. 차마 바라볼 수 없어 "하느님! 어머니의 아픔을 제가 대신하게 해 주세요."라고 기도했다.

통증이 멈추면 맥 풀린 손을 내밀어 내 손을 잡고는 "네가 스무 살이 될 때까지 내가 살아야 하는데." 하며 눈물을 흘리셨다.

어머니가 세상을 떠나고 몇 달을 내 눈에는 눈물이 마르지 않았다. 남자가 청승맞다고 할까 봐 이불을 둘러쓰고 훌쩍거렸다. 생살을 도려내듯 마음이 왜 그렇게도 아팠는지. 한 마음을 둘로 잘라서일까!

또 하나는 손녀 다슬이다.

며느리가 영국에서 수태하여 한국에 돌아와 몸을 풀었
다. 백일을 지나고서 영국으로 돌아갔다. 다슬이가 혹시
탈이라도 나지 않았을까 하여 며느리와 이메일과 전화를
하며 꼼꼼히 챙겼다.

첫돌에 영국엘 갔다. 방긋방긋 웃고 첫 발자국을 내딛는
모습이 어쩌면 그렇게도 예쁘고 신기했던지!

한국으로 돌아와 초등학교에 입학했다.

수업이 끝나면 손을 붙잡고 빵집으로 갔다. 창가에 앉아
아이스크림을 먹으며 "네 첫돌에 이태리 여행을 했다. 베
드로광장에서 성인 다섯 분을 시성했다. 너를 유모차에
태우고 시성식에 참가했다. 나는 그때를 영원히 잊지 못
할 것 같아."라고 이야기하면 다슬이는 "정말이야?" 하며
좋아했다.

다슬이가 미국으로 갔다. 그리움을 참다못해 다슬이를

찾아 나섰다. 천년의 만남인 양 얼싸안고 껑충껑충 뛰었
다. 한 달이 눈 깜짝할 사이에 날아가고 나는 한국으로 돌
아왔다.

하루가 멀다고 이메일을 주고받았다.

할아버지가 보고파 울고 있어. 빨리 미국으로 와!

얼마나 보고 싶으면…….

할아버지가 입원했어. 나는 병원으로 달려갔어.
죽을 것만 같은 할아버지를 껴안고 얼마나 울었는지 몰라.
꿈이었어. 베개에 눈물이 젖어 있어.

얼마나 애달팠으면 그런 꿈을 꾸었을까!
그리고 중학교에 입학하고 이메일이 왔다.

학교 사물 벽장문에 할아버지의 사진을 붙여 놓았어.
문을 열 때마다 사진을 보며 할아버지를 생각해.
할아버지! 내가 대학에 갈 때까지 건강해야 해.

우린 멀리 있어도 마음은 하나야.

하며 할아버지를 애기인 양 달랬다.

다슬이를 보면 어머니 생각이 난다. 나와 어머니 마음이
하나였듯, 나와 다슬이 마음도 하나다.
동서양을 막론하고 윤회설이 있다. 하느님께서 한 많은
세상을 살다간 어머니를 긍휼히 여겨 내 손녀로 환생시켜
주셨을까.

첫 손녀 생일

혜인아!

열다섯 번째 생일 축하한다.

1996년 11월 27일 네가 세상에 태어나 내가 할아버지가
되었다.

눈, 코, 입이 또렷하고 인형처럼 귀여웠다. "손가락, 발
가락이 다섯 개씩 있습니까?"라고 물었더니 간호사가 웃
으며 염려 말라고 했다.

이 얼마나 큰 축복인가.

나와 네가 조손祖孫의 인연을 맺도록 해 주신 하느님께
감사드렸다. 그때의 감격이 잊혀지질 않는구나.

내 보물이 어떻게 됐을까 봐 사무실에서 몇 번이고 전화
했다. 젖을 잘 먹는지, 잠을 잘 자는지, 울지 않는지…….

세상엔 나에게만 손녀가 있는 듯 사람들을 붙잡고 자랑
했다. 심해서인지 "이제 그만하세요. 더 자랑하려면 돈
내고 하세요."라고 면박을 주는 사람도 있었다. 그러거나
말거나 계속 자랑했다. 새 생명 탄생에 대한 환희를 누를
수 없어서.

비위가 약해 엄마와 삼촌이 응가를 하면 도망갔던 내가
희한하게도 너의 응가는 향기로웠다.

내가 손수 목욕도 시켰다. 욕조에 뉘어 놓으면 얼굴이랑
온몸이 연분홍으로 물들었다. 신비했다. 황홀했다.

앙증스러운 손가락과 발가락 사이사이를 씻겼다. 그
목욕물에 기저귀를 빨아 빨랫줄에 걸어 놓기도 했다. 내
꼴이 괴상했던지 "세상에 별일 다 보겠다."는 핀잔을 들
었지만 개의치 않았다. 세상에 둘도 없는 내 보물인
데…….

놀이방에 데려가고 데려오곤 했다.

놀이터에서 놀다가도 내가 보이지 않으면 두리번거리다 동네가 떠나갈 듯 울어 댔다. 너를 홀로 남겨 두고 가 버린 줄 알고.

이러던 네가 홀로 서려고 했다. 놀이방에 혼자 가고, 놀이터에서 혼자 놀고, 손잡고 유치원엘 가다가 가까워지면 날 돌아가라고 했다.

오이처럼 무럭무럭 자라 초등학교 교복을 입고 통학버스를 타는 너를 멀찌감치 떨어져 흐뭇하게 바라봤다.

2학년 봄 운동회 때, 복도에 전시된 네 시를 보고 얼마나 감동했는지! 핏덩이가 자라 갓 태어난 동생 희원이를 생각하는 네 마음이 기특해서.

응애응애

응애응애 하는 내 동생
젖 달라고 응애응애

응애응애 하는 내 동생

졸린다고 응애응애

응애응애 하는 내 동생
응가한다고 응애응애.

세월이 덧없어 중학생이 되었다.
예술의전당에서 졸업기념 오케스트라 연주회를 하던 날, 네가 첼로를 연주하는 모습이 어쩌면 그렇게 의젓했던지!
이제 여고생이 되었다.

혜인아! 네 세례명이 실비아이지? 이해인 수녀님과 그 언니 마가릿 데레사 수녀님께서 지어 주신 귀한 세례명이다. 성녀 실비아는 그레고리우스1세 교황의 어머니시다. 성녀께서 수도원을 세워 병들고 가난한 사람들을 도우셨다.

혜인아! 너는 넘치는 축복을 받으며 자랐으니 이웃사랑으로 보답해야 한다. 성녀 실비아를 마음에 두고 살면 하느님께서 더 큰 은총을 주실 것이다.

혜인아! 사랑한다.

2011년 11월 27일

할아버지

우리 딸 심청이네

지금 생각하면 애들에게 몹쓸 짓을 했다. 하나는 재수생, 또 하나는 고3인데 13년을 살던 반포에서 안양으로 이사를 했으니. 지방에 살다가도 서울로 올라와야 할 판에.

딸은 "친구가 '너의 아버지 부도 맞았니? 라 물어요."라고 간접화법으로 불만을 표시했다.

때맞추어 내가 국방대학원에 입교하여 시간 여유가 있어 승용차로 애들을 아침저녁으로 실어 날랐다. 둘 다 원하는 대학에 입학했으니 망정이지, 불합격했었다면 자식들의 원망을 평생 들을 뻔했다.

안양에서 13년을 살면서 그들이 학교를 졸업하고 좋은

배필도 맞이했으니 이런 축복이 또 있을까. 안양 집이 명당이었나 보다.

성 라자로마을이 가까워 자주 미사에 참여하며 나환우들과 친교를 맺었다. 나환우에 대한 이경제 원장 신부님의 사랑과 희생을 보면서 내 세상살이가 많이 변해 갔다. 신부님과의 만남은 큰 행운이었다.

"엘리자베스! 오르간 반주가 없어 미사하기가 너무 힘들어. 내 좀 도와줘."라는 신부님의 간절한 부탁을 딸이 뿌리치지 못했다. 대학에 갓 입학하여 내 세상이란 듯 신촌거리를 휘젓고 다니고, 피아노 레슨을 해서 용돈도 벌어야 하는데도 7년을 봉사했다.

'우리 딸, 참 기특하네. 복 많이 받을 거다.' 라고 나는 속으로 말했다.

신부님은 외국에 다녀오실 때마다 딸에게 조그마한 선물을 사다 주셨다. 결혼 주례도 해 주셨고. 신부님은 하늘나라에서 지금도 엘리자베스의 행복을 빌어 주실 것이다.

세상에서 버림받은 나환우에게 봉사하였으니 하느님께서도 기억해 주시리라.

나는 은퇴할 즈음 연고도 없는 수원으로 또 이사했다.

도심에서 한참 떨어진 산촌이라 고적했다. 이곳이 인생 극장의 마지막 무대란 생각이 들어 내 장례미사를 해 줄 성당을 신축하고 있어 정성을 바쳤다.

공직 생활을 하며 보고 듣고 체험했던 것들을 정리하기로 마음먹었다. 대학에 입학하면서부터 해운과 인연을 맺어 은퇴하고도 애정과 애착을 버리지 못했다. 그 기간이 무려 쉰다섯 해다.

자료를 모아 비교하고 사람을 만나 경험을 나누며 해운 역사 속으로 들어갔다. 뒤집고 꿰매고 다듬이질도 다리미질도 하며 한 줄 한 줄 써내려 갔다.

풀리지 않던 대목이 한밤중에 생각나면 벌떡 일어나 컴퓨터 자판을 두드리다 보면 창문이 밝아오는 날이 한두 번이 아니었다.

농부가 일생 동안 논밭을 갈 듯 나도 바다를 간다는 마음으로 耕海경해란 필명으로 썼다. 그렇게 수원에서도 13년을 살며 벽돌 한 장씩을 쌓아 올려 책 네 권을 출간했다.

딸이 내가 그처럼 옹골지게 살던 수원을 두고 서울로 돌아오라 했다. "난, 수원이 좋아. 분양을 받았으면 너희들이 들어가야지."라며 거절했다.

재수생과 고3을 데리고 안양으로 나갔던 나와는 달리, 딸의 애들은 고1과 초교3인데도 교육 때문에 이웃 동네로도 이사를 못 간단다. 내가 세상물정 몰랐던 바보인지 아니면 세상이 딸을 민감하게 만들었는지?

사위가 정중하게 "저희들이 불편합니다. 미국에 간 처남을 대신해 저희들이 돌봐 드려야 하는데 멀리 계셔서…… 서울로 오세요."란다.

사위 말을 듣고는 16년 전 생각이 났다. 우리 군軍의 표상이라 할 수 있는 한신 장군께서 관악산 등산을 하시다가 "딸이 가까이 오라고 하는데 어쩌면 좋지?"라고 물으셨다.

가끔 심중에 있는 말씀을 하셔서 나도 솔직하게 "한날한시에 세상 떠나시지 않을 터인데 한 분만 남으시면 어쩌시려고요."라는 내 대답에 "그래야 되겠군." 하고는 곧 이사하셨다. 그리곤 1년 후에 세상을 떠나셨다.

'기상氣像이 얼음장처럼 냉철하셨던 한신 장군께서도 노

약해져 자식을 의지하는데 나 같은 초부樵夫야!' 라는 생각
이 들어 나도 사위 뜻을 따르기로 했다.

　딸이 이사할 집을 말끔히 정리해 놓고는 해묵은 친정 살
림을 마구 정리했다. 이사를 하고서도 구석구석을 뒤져
제 눈에 퀴퀴하게 보이는 것을 다 내다 버렸다. 아내는
"내 살림을 왜 네 마음대로 버려."라며 모녀가 티격태격
했다. 나는 개의치 않고 옆에서 싱긋이 웃었다.
　'며느리는 시댁 살림살이를 저렇게 과감하게 버리지 못
할 거야. 딸과 며느리가 다른 점이 바로 저것이구나.' 라
는 생각이 들었다. 딸이 예전엔 그렇지 않았다. 노약해진
부모가 안쓰러웠는지……．
　"우리 딸 심청이네."라고 한마디 했다.

　이사 다음 날 아침 일찍 국립현충원으로 가서 한신 장군
님께 참배했다. "서울로 왔어? 잘했어. 자주 만날 수 있어
좋군." 하며 빙긋이 웃으신다.

며느리 사랑

1997년, 회의에 참가하러 런던에 간 김에 아들 대학을 둘러봤다. 기숙사가 오래되어 허름했다. '대영제국의 대학 기숙사가 이럴 수가!' 라며 혼자 중얼거렸다.

기숙사를 생각하면 가슴이 답답해 자다가도 벌떡벌떡 일어났다. 여름방학 동안 한국에 돌아가 한 달만 쉬어가라고 아들에게 말했다.

"우리보다 잘 사는 미국, 독일, 불란서 학생들도 기숙사에 대해 불평 안 해요. 저도 괜찮고요. 오히려 아버지가 이상해요."라는 퇴박을 듣고는 귀국했다.

하나밖에 없는 아들이라 관심이 지나쳤나 하면서도 장가를 보내면 기숙사에서 나올 수 있으리라 생각했다. 아내가 몇몇을 만나곤 마지막 규수가 마음에 들고 외모도 수려하다고 희색이 만면했다.

아들이 다음 해 여름방학에 귀국했다. 첫눈에 반했음인지 3일 연속 밤늦게까지 만나고는 "아버지! 결혼하고 함께 영국으로 가겠습니다" 라 했다.

"안 돼, 혼인을 번갯불에 콩 구워 먹는 식으론……."라고 잘랐다. '이 녀석, 유학 생활이 몹시 쓸쓸한가 보다' 라는 안쓰러운 생각에 "이번엔 약혼하고 겨울방학 때 결혼해라."라고 내가 한 발 물러섰다.

며느리를 석 달쯤 데리고 있고 싶었지만 아침 문안 3일을 받고는 아들과 함께 떠나보냈다.

신랑이 아침 일찍 학교에 가고 나면, 설거지며 청소며 집안 정리하다가 저녁밥 차리느라 하루하루가 빨리 간다고 이메일이 왔다.

한가할 때엔 대학에서 도둑 강의를 수강하다 신랑에게 들킨 일, 주간 식단 메뉴, 기숙사촌의 풍경 등 사흘이 멀다고 이메일을 보내왔다.

그들의 소꿉장난 같은 신접살이를 손바닥 보듯 훤히 알 수 있었다. 알뜰한 며느리가 고마웠다.

며느리가 귀국하여 몸을 풀었다. 나는 병원으로 달려가 며느리 이마를 짚어 주며 "애썼다."고 했다.

손녀 다슬이가 백일을 지나고서 애비에게로 돌아갔다.

첫돌에 우리 내외가 영국으로 갔다. 며느리가 침구며 주방기구며 집안을 깨끗이 정리하고 우리를 맞았다. 정성이 고마웠다. 유학생 가족들을 중국식당으로 초청해 돌잔치를 했다.

애 키우고 남편 뒷바라지하느라 고생한 보상으로 이태리 여행을 택했다. 며느리를 앞세워 손녀를 보물처럼 건사하며 찬란한 문화와 예술을 꽃피웠던 피렌체, 베니스, 나폴리, 로마를 관광했다.

때마침 성 베드로 대성당 광장에 인파가 운집했다. 요한 바오로2세 교황께서 다섯 분 성인을 시성했다. 외교사절과 성직자, 수도자들을 비롯하여 수십만 명이 모인 시성식은 천상의 잔치인 양 장엄했다.

며느리를 위한 이태리 가족 여행은 내 생애의 최대 축복
이었다.

아들이 학위를 받고 돌아와 둥지를 틀었다.

나는 서울에 나갔다 돌아오는 길에 아들 집에 들렀다.
사양하는 며느리를 마트에 데려가 먹거리를 사 주고는 다
슬이와 노는 재미에 흠뻑 빠지곤 했다.

때론, 아들 부부의 갈등이 위험수위에 이르면 며느리를
백화점으로 불러내 선물을 사 주고 용돈을 쥐어 주면서
"철없는 젊은이들처럼 너희들도 남남이 될 수 있어. 그런
데 다슬이는 어쩔래? 어미 애비의 감정으로 자식을 불행
케 해서는 안 되지. 핏줄이란 것이 있다. 갈라서더라도
너와 애비의 피가 다슬이 혈관에 흐르고 있어."라며 타일
렀다.

그러고는 "어미야, 내게 손자 하나 안겨다오. 그놈 데리
고 대중목욕탕 갈란다."라는 부탁에 "예, 아버님!" 이라는
며느리의 대답으로 갈등이 봉합되었다.

이를 두고 며느리 사랑은 시아버지라고 하는가 보다.

옛날 친정어머니가 시집가는 딸에게 '장님 3년, 귀머거리 3년, 벙어리 3년이다.' 라며 간곡하게 타일렀다. 시댁 눈에 나면 '며느리 발꿈치가 달걀 같다.' 고 트집도 아닌 트집을 잡았다.

'며느리 시앗은 열도 귀엽고, 자기 시앗은 하나도 밉다.' 고 했다. 아들 첩은 열도 좋은데 제 남편 첩은 하나도 못 본다는 뜻이다. 이런 이중 잣대로 며느리들이 시달렸다.

내 칠순 때, 은혜를 입은 친척, 선후배, 친지 120여 명을 초대한 〈報恩의 밤〉을 마련했다. 거기서 "제가 가장 믿고 의지하는 며느리입니다."라고 소개했다. 옆에 있던 딸이 시무룩해져 "어쩌면 시아버지 비위를 놀랍게도 잘 맞추는 여우."라 했다. 나는 "미련한 곰탱이보다 영리한 여우가 백번 낫지."라고 받아넘겼다.

아들이 미국 대학으로 갔다. 며느리는 애들을 키우며 미국인들에게 한국어를 가르쳤다. 대견스러웠다.

며느리가 셋째 딸을 낳았다는 전화를 받은 아내가 "손자가 소원인데 또 손녀를 낳아 안 됐소.”라고 약을 올린다.

“순산했으면 됐지. 지금이 어느 시대라고 손자 손녀를 가려.” 하며 시치미를 뚝 떼면 “하여튼, 며느리 일이면 무조건 OK!”라며 핀잔을 준다.

친정아빠 심정으로 애잔하게 바라보는 이 시아버지의 마음을 며느리가 알까!

아쉬운 만남

맞은편에서 한 여인이 걸어오고 있다. 옷깃을 스치는 순간 발걸음을 멈추고 "저~ 혹시 H씨?"라고 물었다. 그녀도 뒤돌아보며 나와 똑같은 말을 했다.

그녀에게 손을 내밀었다. 다른 한 손으론 그녀의 손등을 가볍게 다독거렸다.

고등학교를 졸업하고 반세기가 덧없이 흘러갔다. 그땐 단발머리와 까까머리였는데, 지금은 발랄했던 젊음은 우리 곁을 훌훌히 떠났다. 눈결, 살결, 머릿결 모두가 윤기를 잃었다. 마치 마법사의 요술에 걸린 할머니와 할아버지인 양.

그럼에도 우리는 첫 눈에 서로를 알아봤다. 심연에서 두 영혼이 서로를 향해 손짓하고 있었을까. 감정을 절제하고 몇 마디 안부와 전화번호를 나누고 헤어졌다.

나는 "거~참! 거~참!" 하고 탄성을 연발했다. 그 탄성은 어이없을 때 내뱉는 내 습관이다.

흘러간 세월 속에 역사의 강을 많이 건너왔다. 4·19와 5·16, 10·26과 5·18 …… 등등. 강물은 격랑이었다.

안간힘을 쓰다 탈진했다. 마음을 추스려 다시 도전했다. 산업화가 이룩되고 민주화의 문을 열었다. 서구는 수세기가 걸렸는데 우리는 숨 가쁘게 달려 반세기만에 이룩했다.

앞만 바라보느라 자유도 낭만도 몰랐다. 황야를 힘겹게 달리듯.

명동의 한 카페에 마주앉았다. 식탁 위 레드와인 향기는 55년 전 싱그러웠던 젊음의 향기다. 우리가 만들었던 추억들이 안개처럼 피어오른다.

어느 봄날, 진홍빛 진달래가 현란하게 불타는 무등산 자락에서 바라보았던 하늘은 어쩌면 그렇게도 푸르렀던지! 꿈이 창창해서였을까. 사랑이란 말이 쑥스럽고 연애란 단어가 속되게 여겼던 청순함 때문이었을까.

여름방학 땐 고향에서 편지를 주고받았다. 그녀는 '고독과 역경 속에서 인생의 진실을 발견할 수 있다.'고 나이에 비해 성숙한 글을 또박또박 써 보내왔다. 나 역시 썼다 지웠다 하며 그런 류의 답장을 보냈다.

늦가을, 호젓한 교외 길을 걸었다. 낙엽이 휘날려 그녀의 단발머리에 내려앉았다. 나는 까치발을 하고서 그녀 머리에 내려앉은 낙엽들을 하나씩 집어냈다. 하지만 정작 했어야 할 말은 끝내 못하고서.

몹시 추운 겨울날, 그녀는 하굣길에 나에게로 왔다. 6·25 정전협정이 체결된 지 3년이 지냈건만 전쟁의 상흔이 아물지 않아 가난했다. 온돌방에 온기를 담아 두려고 헤진 군인 담요를 깔아두었다. 그녀는 시린 손을 호호 불며 담요 밑으로 손발을 밀어 넣었다.

　나란히 앉아 교과서와 참고서를 한 장 한 장 넘겼다. 어려운 문제에 부닥치면 그녀는 수재답게 풀어 갔다.

　이런 회상들로 환하게 웃었다가도 콧등이 찡했다. 마치 어린이가 동화를 읽다 웃고 우는 모습으로.

　우연히도, 우리는 개신교에서 가톨릭으로 개종되었다.

　카페에서 일어서면서 그녀의 손에 묵주를 쥐어 주었다. 그 묵주는 나환자를 도우려고 인도 마드라스에 갔을 때 성 토마스 순교기념관에서 사 소중하게 간직해 온 것이다.

　명동성당에 나란히 앉았다. 피에타 앞에서 '주님, 저희를 불쌍히 여기소서!' 라는 마음으로 숙연하게 머리를 숙였다.

　지하 성당으로 자리를 옮겼다. 사람들은 숨소리마저 죽이고서 고해성사 차례를 기다리고 있었다. 우리는 그들 뒷자리에 앉았다.

　예나 지금이나 한 발자국도 한계를 벗어나지 못하는 만남이 무슨 의미가 있을까라는 회의가 스쳐 갔다. 남녀 사랑이 정신만으로 완성될까라는.

　명동성당 뒤안길 산책을 마지막으로 아쉬운 만남은 끝났다. 다시 만나자는 기약도 없이…….

제5부 | 매화

엄동설한 넘기고

봄을 기다리며
제일 먼저 불러 보는 매화
힘든 삶의 고비마다
맑고 곱게 우는 법을
내게 가르쳐 준 매화
나도 누군가의 향기로
기쁘게 일어서야지
_이해인

어머니의 한중록

대학 입학시험을 보러 떠나는데 어머니께서 "네게 줄 수 있는 것은 이것밖에 없다. 보름 달빛에 바늘귀를 꿰어 만들었다."며 하얀 가제 손수건을 손에 쥐어 주셨다.

아들의 합격을 축원해 노안老眼으로 달빛에 바늘귀를 꿰셨다니! 눈물이 핑 돌았다.

어머니 일생을 생각하면 〈한중록〉이 떠오른다.

사도세자의 빈이며 정조대왕의 모후인 혜경궁 홍씨의 〈한중록〉은 구중궁궐에서 칼날 위를 걸어온 파란만장한 일대기다.

어머니는 여염집 필부匹婦로 비정한 수레바퀴에 짓눌려 참담한 인생을 사셨다.

구중궁궐의 비빈이나 여염집 필부나 아녀자로서 겪어야 할 고통과 고뇌가 어느 쪽이 무겁고 어느 쪽이 가볍다 하리오.

어머니는 동학혁명 때 아버지를 여의고, 어머니마저 보쌈을 당했다.

어머니의 할머니께서 양반의 핏줄임을 일깨우며 정제된 언행을 하도록 훈육했다. 그 훈육이 어머니에게는 일생의 족쇄가 될 줄이야!

어머니는 열일곱에 전답 스물한 마지기를 갖고 시집오셨다. 신랑은 동갑내기인 나의 아버지였다.

외삼촌이 투전을 하다 공금을 유용했다. 이를 삭치기 위해 시집올 때 지참했던 전답을 팔아야만 했다. 내 칼도 남의 칼집에 들어가면 내 마음대로 못하는 게 세상 이치인데 하물며……

설상가상으로, 일경日警에 쫓긴 할머니의 지인이 두고 간 폭탄이 폭발하여 할머니는 두 팔을 잃었다.

어머니 두 팔은 할머니의 팔이 돼야 했다. 할머니와 어머니는 하루도 떨어져 살 수 없는 이인삼각二人三脚이었다. 어머니는 효부상을 세 차례나 받으셨다. 그것이 어머니 인생에 무슨 보상이 되랴.

할머니는 며느리에게 짐이 되지 않으려고 몇 번이나 목숨을 끊으려 했다.

그런 와중에도 아버지의 방랑과 외도는 계속되었고 집안은 퇴락되어 갔다. 아버지에겐 어머니는 시부모 봉양하고 자식 양육하는 도구에 불과했다. 감각도 없는 석녀로 치부했을까. 조선의 여인네들이 굴종의 삶을 살았다 하더라도 너무 잔인했다.

어머니의 희망인 둘째 형은 태평양전쟁에 끌려가 뉴기니에서 전사했다.

"천지신명님! 제가 전생에 무슨 모진 죄를 지었기에 친정 부모도, 시어머니의 팔도, 남편도, 재산도 다 빼앗습니까. 그러고도 천금 같은 자식마저……."라며 절규하셨다.

밤이면 필사본의 심청전이나 장화홍련전을 읽다가 흐느꼈다. 소설의 주인공의 운명이 자신의 기구한 운명인 양.

할머니와 할아버지의 3년상을 치렀다.

음력 초하루와 보름날 아침에 삭망전朔望奠을 모셨다. 생베상복에 머리엔 수질首絰을, 허리엔 요질腰絰을 하고서 곡을 하다가 설움이 복받치면 바닥에 쓰러져 통곡했다.

어린 나는 옆에서 "어머니, 울지 마."라며 등을 쓰다듬어 드렸다. 누구에게도 속내를 드러내지 않는 어머니가 서러움을 시부모 영전에서 통곡으로 토해 냈다.

감내할 수 없는 수모와 고통을 견뎌 냈다. 고통을 감당 못해 머리를 깎고 절로 가거나 목을 매거나 강물에 뛰어들었던 조선의 여인들이 있었다.

어머니는 시부모와 우리 6남매를 위해 자신을 불살은 성녀였다.

고향에 내려가 성묘를 하고서 동네 어른들을 찾아뵈었다. 집안 내력을 잘 아는 정鄭약국 부인께서 "자네 자당은 여군자女君子일세."라며 파란만장했던 어머니를 안쓰러워했다.

아버지의 소실이 보약을 가지고 찾아왔다.

속죄하기 위함이리라. 소실이 돌아갈 때, "또 오시게."
라고 말하자 "젊을 때 애를 끓어 드린 이년이 무얼 예쁘다
고 또 오라 하시오."라는 대답에 "이제는 미움도 분노도
다 사그라지고 가슴이 휑하게 비었네."라며 응답하셨다.

용서일까. 자학일까.

혜경궁 홍씨는 정조대왕의 화성 행차에 동행하여 문무
백관의 배알을 받으며 영화를 누렸다.

나는 어머니께 단 한 번도 효도를 못했다. 취직을 했으
나 공무원의 봉급이 하숙비에도 미치지 못했다. 시골에
내려가면 아껴 두었던 용돈을 나에게 내미셨다. 부끄러
워 받지 않으려고 손사래를 치면 "남들 보는데 왜 이래."
라고 눈을 흘기며 호주머니에 넣어 주고는 내 등을 떠밀
었다.

돋보기안경 너머로 내 편지지를 헤지도록 읽고 또 읽으
셨다.

애타게 기다리다 우편배달원이 지나가면 "내 아들 편지
없소?"라고 물으셨다.

나는 아들을 유학 보내고서야 내 편지를 절절하게 기다리셨던 어머니 마음을 깨달았다. 일찍 알았다면 매일 편지를 올렸을 것을…….

어머니는 저승에서 지금도 내 편지를 기다리고 계실까.

성묘

간다간다 하면서 성묘가 늦어졌다.

이러다간 눈이라도 내리면 어쩌나 싶어 몸이 개운치 않은데도 출발했다. 가을 정취가 향기로워 몸과 마음이 상쾌해졌다. 아름다운 풍광 위로 서글픈 옛 기억들이 겹쳐 떠오른다.

내가 네댓 살이었을까.

할아버지와 아버지 손을 붙잡거나 등에 업혀 성묘를 다녔다. 첫째 형님은 일본에서 돌아오지 않고, 둘째 형님은 태평양전쟁에 끌려가 뉴기니 전쟁에 참전했다. 대가 꺾일

상황이라 어린 나를 성묘에 동행시키고 제사를 받들게 했
나 보다. 하여, 나도 모르는 사이에 성묘와 제사에 젖어
들었다.

선대들이 세상 떠나고선 홀로 고향을 찾아 성묘했다. 성
묘를 못하고 해를 넘기면 찝찝했다. 외국에서 기일을 맞
아 호텔방에서 촛불을 켜 놓고 제사를 모시기도 했다.

할아버지는 6·25전쟁이 났던 그해에 세상을 떠나셨다.
지관地官이 선산에 바로 모시면 집안에 우환이 있다 하여
공동묘지에 모셨다가 선산으로 이장키로 했다. 하지만,
그전에 돌아가셨던 할머니는 선산에 모셔졌다.

6·25전쟁이 우리 집 시계를 멈춰 세워 할아버지를 선산
으로 못 모셨다. 두 분은 같은 고향땅에서 이산가족이시
다. 말씀은 없으시지만 얼마나 서러워하실까.

부모님도 연고 없는 타향에 잠들어 계신다. 여우도 죽을
때 자기가 살던 쪽으로 머리를 둔다는데 부모님은 고향을
얼마나 그리워하실까.

누님이 "꿈에 어머니께서 '내가 물속에 있다' 고 하신다

며 묏자리를 옮겼으면 좋겠다.”고 했다. 그래서 돈을 마련해 첫째 형님께 드렸다. 한참을 지나 그 돈으론 어림없다고 전해 왔다. 큰 산에다 호화 분묘를 건축하라는 건지, 원…….

내가 은퇴하고서야 조상들 묘를 한곳으로 모시려고 묘지를 알아봤다. 지인이 “명당인 선산을 두고서 조상님을 어디에 모시려 하느냐.”고 날 나무랐다.

선산은 넉넉한 면적에다 섬진강이 내려다보여 경관이 좋다. 아름드리 도래솔이 선산을 지켜 준다. 공원 경내라 군청郡廳의 보호를 받을 수 있다.

컴퓨터 앞에 앉아 선산이 공원과 조화가 되도록 구상했다. 비록 퇴락된 집안이지만, 조상의 행적을 자그마한 오석에 새기고 증조부모님부터 3대를 부부 합장묘에 야트막하게 둘레돌을 쌓고.

뉴기니 정글 어디엔가 쓸쓸히 묻혀 있을 둘째 형님의 가묘를 만들어 그 앞에 사무친 원한을 새긴 묘비를 세우는 등 소박하게 설계했다.

한식날로 이장 날짜를 잡고서 셋째 조카를 입회시켜 장묘업자와 계약했다. 며칠 후, 셋째 조카며느리로부터 전화가 왔다. 어디 물어보니 자기들에게 화가 미친다며 이장은 절대로 안 된다고 했다. 아무리 설득을 해도 당장 벼락을 맞는 듯 막무가내였다. 60여 년 전 할아버지를 선산에 모시지 못하게 했던 지관의 망령이 되살아나서일까.

이유가 따로 있었다. 아주 오래전, 선산 지적대장을 떼어 보니 등기가 되어 있지 않았다. 첫째 형님께 서류를 드렸으나 차일피일하다가 셋째 조카에게로 넘겼다.

셋째 조카가 자기 명의로 등기를 하고서는 욕심이 생겼다. 과실나무들을 심어 놓고는 조상을 못 모시게 했다. 남우세스러워 대응도 못하고 오래 애를 끓었다.

또 다른 기억이 되살아난다.

소생이 없는 선친의 소실이 회갑연 때 나에게 후사를 의논했다. 선친 그늘에서 수십 년을 살면서 모은 재산을 나에게 넘겨주려는 걸로 짐작되었다.

"친정 조카들 중에 찾아보시지요."라며 사양했다. 소실로 인해 인고의 세월을 살다 가신 어머니에 대한 도리가 아니라서.

소실이 세상을 떠나 장례식에 참석했다. 상속을 받은 소실의 생질서가 욕심이 과대해 찝찝했다. 내 얼굴을 보고 온 문상객의 부의금을 정리해 장례 예식을 주관했던 교회에 헌금과 부엌 허드렛일을 했던 분들에게 답례를 하고선 떠나왔다.

나물 먹고 물 마시던 옛 선비들의 청빈낙도를 본받으려 했다. 하나, 내가 무얼 그렇게 고결하다고! 결벽증이 지나쳤다. 나 홀로 고고한 체하다가 선산 관리도 제대로 못한 어리석음이 후회스럽다.

하기야, 조상 묘를 돌보지 못해 폐묘가 되는 세상에 선산을 정비했던들 그 누가 대를 이어 돌보랴! 하여, 유골을 분쇄하여 약장藥欌 같은 납골당에 유폐시키거나 바다에 날려보낸다. 그럴 바에야, '흙에서 와서 흙으로 돌아간다.' 했으니 그대로 두고 내 생전에 정성들여 성묘나 하련다.

자신의 생명보다 날 더 사랑하셨던 할머니와 어머니께 "초막을 짓고서 밤낮 돌봐 드려도 모자라는데, 이렇게 일

년에 한 번 삐끗 왔다가 가는 저를 용서하소서!"라며 엎드려 응석을 부렸다.

이번 성묘가 마지막이 되지 않을까 하는 생각을 하며 발길을 돌렸다.

남사당 숙부의 동네

그 동네를 '구러개' 라 불렀다.

동네 초입에 주막이 있고, 주막 가까이에 수백 년 된 정자나무가 수문장처럼 동네를 지켰다.

정자나무 밑에 널따란 바위가 있어 길손이 쉬어 가고 농사꾼들이 참을 먹고는 오수를 즐겼다. 정자나무 주위를 들판이 둘러싸고 그 들판을 올망졸망한 산들이 에워싸고 있다. 다만, 동쪽은 대문처럼 열려 있어 그 끝자락엔 섬진강이 흐른다.

그 주막에 칠촌 숙부가 살았다.

증조부 형제가 세 분이었다. 첫째는 진주에서 종가를 지켰고, 둘째는 하동으로, 셋째는 곤양으로 이주했다.

곤양 증조부 손자 중 한 분이 역마살이 끼였음인지 집을 나가 남사당패에 끼어들었다. 남사당은 조선 시대 유랑 연예집단이다. 양반들의 천대를 받으며 농악, 탈춤, 줄타기, 땅재주를 했다. 서민의 애환을 달래고 양반을 풍자하며 민중의식을 일깨웠다.

남사당의 한恨과 혼魂이 되살아나 오늘날 K-pop이 세계를 감동시키는지 모른다.

춤과 노래, 북과 장구에다 재담도 능했던 숙부가 차츰 신명이 나지 않자 남사당패에서 빠져나왔다. 귀향 도중에 구러개에서 한 처자를 만나 둥지를 틀었다. 먹고살기 위해 주막을 차렸다. 남사당을 천시하던 시대에 주막을 했으니 오죽이나 괄시를 받았을까.

섬진강 건너에 있는 하동 큰집을 드나들며 '나는 부관참시를 당한 점필제佔畢齊 김종직 할아버지의 핏줄을 이어받았소. 양반 뼈다귀란 말이요.' 라고 동네 사람들에게 은근슬쩍 알렸다.

할아버지가 "구러개 가자."며 내 손을 잡고 집을 나섰다. 사공이 길손을 반갑게 맞아 주었다. 노를 저었다. '꾸르륵 꾸르륵' 비둘기 소리를 하며 나룻배가 강을 가로질렀다.

가을하늘 뭉게구름이 쪽빛 섬진강으로 내려앉아 강바닥에서 일렁거렸다. 마치 나룻배가 구름 위를 날아가는 것 같았다. 사공이 삿대질을 해 뱃머리를 나룻가에 붙였다.

할아버지는 나를 껴안아 나루터에 내려놓았다. 꼬불꼬불한 밭두렁과 논두렁을 지나 오솔길로 접어들었다. 나는 할아버지를 앞서거니 뒤서거니 잰걸음을 걸었다.

산등성이에서 내려다보이는 들판엔 황금물결이 넘실거렸다. 할아버지는 들판 끝자락을 가리키며 "저 정자나무 옆에 네 숙부가 사느니라." 하셨다. 나는 할아버지 뒤를 따라 졸래졸래 들판을 가로질렀다.

숙부 댁에 도착했다.

"내가 왔네." 하시곤 참게 낚싯대와 왕골 망태를 챙겨 집 앞 개울로 갔다. 낚싯대 하나엔 미꾸리 미끼가 끼워졌고, 다른 낚싯대에는 수탉 꼬리로 만든 올가미가 동여매여 있었다.

개울둑에 앉았다.

서쪽 산에서 발원하여 동쪽 섬진강으로 흘러가는 개울물은 수정처럼 맑았다. 미꾸리 미끼를 돌 틈에 넣었다 뺐다 하면 참게가 미꾸리를 물려고 돌 틈 밖으로 살금살금 기어 나왔다. 참게가 집게다리로 미꾸리를 무는 순간 올가미로 낚아챘다.

열개 다리를 허공에 휘적거리며 '날 살려!' 라고 미친 듯 발광했다. 약이 바짝 올라 집게에 물리면 손가락이 잘릴 것만 같았다. 할아버지는 "이놈, 꼼짝 마!"라며 참게 등짝 갑각을 꽉 붙잡아 왕골 망태에 감금시켰다. 나는 신이 나서 손뼉을 치며 "우리 할아버지 최고다." 하며 고함을 쳤다.

해질 무렵 낚시가 끝났다.

저녁을 먹고는 호롱불 아래에 잠자리를 폈다. 나는 할아버지와 숙부 사이에 누었다. 두 분이 도란도란 이야기를 이어 갔다.

"금년 농사는?"

"눈이 어두워 볼 수 없지만 평년작이라고 하네요."

"눈이 더 바빠졌나?"

"거의 보이지 않습니다. 부모 속 태우며 남사당패 따라 다닌 죗값을 톡톡히……."

"무슨 그런 말을."

"마당에 횃불을 밝혀 놓고 새벽까지 놀이를 하면 몸은 파김치가 됐어요. 잘 먹지도 못하면서……."

잠시 멈췄다가 "이곳에서는 처자식 먹여 살리려고 눈이 오나 비가 오나 농사짓고, 산에서 땔감 마련하느라 온몸이 성한 곳이 없었네요. 눈인들 온전하겠습니까!"라는 한숨 소리에 구러개의 밤은 깊어 갔다.

6·25전쟁 때, 우리 식구는 구러개로 피난을 갔다. 할아버지와 숙부가 세상을 떠난 후였다. 숙부의 아들인 팔촌형이 등짐으로 생필품을 날라다 우리 식구를 먹여 살렸다.

신성모 국방장관이 후퇴하는 육군을 결집시켜 적을 격퇴하라는 작전명령을 내렸다. 채병덕 참모총장은 7월 27일 하동에서 인민군 제6사단과의 전투에서 전사했다. 제트기가 쨍쨍 굉음을 내며 내려찍기와 솟구치기를 반복하며 하동이 불바다가 되었다.

이 소식을 들은 숙모는 논두렁에서 "내 아들 죽었네!"라며 가슴을 치며 훌쩍훌쩍 뛰다가 실신했다. 천만다행으로 팔촌형은 살아서 돌아왔다.

그러고는 30여 년이 지났다.

나는 고향에서 성묘를 마치고 섬진강 너머 구리개로 건너가 팔촌형을 뵙곤 했다. 내 손을 꼭 붙잡고 눈물을 글썽거리며 자주 오지 않는다고 섭섭해하던 형님도 세상을 떠났다.

구리개 옛날 사람들도 모두 세상을 떠났다. 강산도 많이 변했다. 옛 그대로인 정자나무가 남사당 숙부의 애환을 들려준다.

아내의 詩

아내가 손바닥만한 쪽지에 무언가를 적어 두었다가 읽으며 날더러 들어 보란다. 한두 번도 아니고 간간히.

귀찮아 그만두라고 했다간 토라질까 봐 그저 듣는다. 가만히 들어 보면 순간순간 생각난 것을 낙서한 것들이다. 글이 짧고 운율이 있는 것으로 봐 산문은 아니고 시다. 이런 게 있다.

외로움

바람이 유리창을 두드려

안으로 들어오라 했다

햇살도 함께 들어왔다

할머니! 혼자 외로워?

바람과 햇살이 묻기에

인생은 원래 그런 거야

이 사람 저 사람의 친절을

마음에 저금해 두었다가

외로울 때 꺼내 쓰지.

아내가 몹시 쓸쓸한가 보다. 내가 옆에 있는데도.

나 역시 외롭고 우울할 때가 많다. 부부는 일심동체라 하는데도. 한 이불 덮고 자식 낳아 기르며 웃고 운 세월이 반백 년인데도.

부모나 자식과 함께 살았던 세월이 이렇게 오래일까.

좋았던 순간들은 다 잊고 상처받고 아팠던 기억들만 남아서일까.

다른 부부들도 그럴까. 문을 조금만 삐쭉 열어 놓고 마

음을 주고받으면 맺혔던 응어리가 눈 녹듯 풀릴 터인데
도. 남에게는 한없이 너그러우면서도 짝에겐 인색하다.

부부가 무촌無寸이라 그럴까. 한 몸이었다 빗나면 남남
이 되는 무촌.

詩! 우리말과 글을 알면 누구나 시를 쓸 수 있다. 국문학
을 전공한 사람들의 전유물은 아닐 테고.

시상이 떠오르면 헤진 종이쪽지에 몽당연필로 기록하면
시가 된다. 물론 소양을 쌓고 기법을 배우며 각고의 수련
끝에 명시가 나오겠지만.

우리말을 얼마나 오래토록, 얼마나 힘들게 배웠던가.

첫돌이 되어서야 꽃잎 같은 입술에서 '엄마' 라고 옹알
거린다. '엄마' 란 말에 온 가족이 얼마나 감동했으며 얼
마나 신비로워했던가!

엄마 뱃속에서 엄마란 말을 수천 번을 들었다. 엄마가
품에 안고서 엄마를 수없이 가르치고 또 가르쳤다. 그러
고는 흉내 내 엄마를 '엄마' 라 불렀다.

엄마 그늘에서 우리말 수백 개를 반복하며 배운다.

엄마 품을 떠나 놀이방, 유치원, 학교에서 수많은 시간에 우리말과 글을 배운다. 국어시간에 시도 수필도 소설도 배워 우리 문학이 뼛속까지 스며들었다. 비록 문학적 체계를 못 세웠다 하더라도.

우리 모두가 시를 사랑하고 마음을 시로 표현할 수 있으면 얼마나 좋을까. 도시를 거니는 서민들도 망망대해를 떠도는 선원들도.

배부른 소리라 하겠지만 배불렀던 시인이 얼마나 있었을까.

너와 내가

온 백성이 시를 쓰고 시를 읊는 세상

눈 먼 이가 시를 읽고

벙어리가 시를 낭송하고

땅에는

옹달샘이 졸졸 흘러 메마른 땅을 적셔 주고

하늘에는

종달새 울음소리에 장단 맞혀 구름이 넘실거리고.

하나, 시를 쓰고 읊기보다 마음을 낮추어 너와 내가 하
나 되면 세상은 더욱 아름다우련만.

칠보산에서 이런저런 생각

은퇴할 즈음에 수원으로 이사를 했다. 수원 도심에서 서남쪽으로 한참 떨어져 있는 산골이다. 연고가 없어 고도에 나 홀로 버려진 느낌마저 든다.

하나, 칠보산이 병풍처럼 감싸 주어 아늑하다. 공기가 신선하고 소음이 없어 고즈넉하다.

칠보산이 내 친구가 되었다. 갈증이 나고 외로울 때면 산으로 올라간다. 이름 모를 나무들과 풀들, 바위들과 새들이 날 반겨 준다.

괴상하게 생긴 바위에게 '넌, 지지리도 못 생겼구나!' 라고 흥을 보면 '그래, 못 생긴 줄 알아. 그런데 난 너와 달라. 온갖 풍상 다 겪으며 몇 만 년을 이렇게 자리 잡고 있어.'라 말하고는 '넌?' 하고 묻는다. 세상살이 하느라 이리저리 이사 다닌 나를 비웃는 것 같다.

소나무 숲 사이에 간간이 활엽수가 있다. 실낱같은 가지에서 돋아나는 잎눈이 깜찍하다. '지난겨울 혹한에 사람들도 얼어 죽었는데 너는 옷도 안 입고 이불도 안 덮고 어떻게 살았니? 라고 물으면 '물기라곤 눈곱만치도 없이 말라비틀어진 내가 불쌍했던지 동장군이 먼발치에서 보고는 지나가더라.'고 대답한다.

이야기를 주고받다가 벤치에 발랑 드러누워 하늘을 쳐다본다. 기러기 떼가 날아간다. 앞서가는 우두머리가 양팔을 펼친 듯 좌우 일렬횡대로 북쪽으로 날아간다. 지도도 나침반도 없이 어떻게 시베리아까지 날아갈까.

'내도 너희들 틈에 끼어 한없이 날아가게 해 주라.'고 허공에 외쳐도 대답이 없다.

내가 세상을 살아오면서 보고, 듣고, 체험한 것들을 글로 남겨두고 싶었다. 일본 공무원들은 퇴직하고서 책 한 두 권을 남긴단다. 우리는 그렇지 못하다. 조선왕조실록이 세계 으뜸의 기록문화유산인데도 그 후예들은 기록을 대수롭지 않게 여겨서일까.

해운 역사를 쓴다며 컴퓨터 앞에서 용을 쓰다 보면 몸은 지치고 생각의 길이 꽉 막힌다. 머릿속이 캄캄해져 아무런 생각이 안 난다. 그럴 때면 칠보산으로 올라간다. 한참 걷다 보면 뿌옇던 머릿속이 맑아 오면서 숲 속 저쪽에서 생각이 날갯짓을 한다.

그날은 바람 불고 가랑비가 내렸다.

산 끝자락에 성당 공동묘지가 있다. 빼곡히 들어선 무덤 사이를 이리저리 돌아다닌다. 내가 죽어 묻힐 손바닥만한 빈터가 있을까 하고.

별안간, '버리고 갈 몸뚱이가 이곳에 묻힌들 어떠하며, 뼈를 갈아 바다에 띄워 보낸들 어떠랴.' 라는 생각을 한다. '육신은 흙에서 와서 흙으로 돌아가고, 영혼은 영원불멸이다' 라는데 무덤이 대수냐고! 심신을 갈고 닦아 내 영혼이 하늘나라로 가면 될 것을…….

허나, 죽음 너머에 무엇이 기다리는지 알 수 없다. 죽음은 침묵뿐이니.

해서, 죽음은 마냥 슬프고 무섭고 절망적이다.

'인생이 무엇이며 어디에서 왔다 어디로 갈까?' 라는 철학적 의문은 몇 천 년을 이어 왔다. 명쾌한 해답이 없다.

공자님께서 죽음에 대한 제자들의 질문에 '삶도 제대로 모르는데 어찌 죽음 후를 알겠느냐.' 고 하시며 '하늘에 죄를 지으면 빌 곳이 없다.' 고 하셨다.

예수님은 '자기 십자가를 지고 나를 따르면 영원히 죽지 않는다.' 고 하셨다.

한 분은 철학적 의문을, 한 분은 신앙적 확신을 제시하셨다. 두 분 말씀이 엇박자 같지만 본질은 '세상을 사람답게 살라.' 는 말씀이다.

이 공동묘지에 잠들고 있는 분들의 육신은 한 줌 흙으로 돌아갔는데 영혼은 어디서 무엇을 하고 있을까.

난 알 수 없다. 하지만, 신앙의 본능이 발동됐음인지 '그들에게 빛을 비추소서. 영원한 안식을 주소서!' 라며 십자

성호를 그었다.

 어린애 같은 생각을 하며 돌아오는데 칠보산이 날더러
바람처럼 가랑비처럼 살라 한다.

그대를 떠나보내고서

아, 슬프다
마음이 이렇게 허전할 수가

사라지는 그대 뒷모습을 바라보며 마음이 아렸다
그도 그럴 것이, 우리 둘이 정을 나눈 지 10년이 넘었으니

내 몸처럼 그대를 씻고 닦았다
뙤약볕에 그을세라 눈비를 맞을세라 정성 들여 돌봤다

그대가 다칠까 봐 조심조심하고

어디 탈이 나지 않을까 자주 데려가 점검했다
그래선지 그대는 날 한 번도 애먹이지 않았다

서울로 이사하고서
제일 먼저 구청에 데려가 그대의 주소를 옮기고 문패를
바꾸어 달았다
마지막까지 그대와 함께하려고

그러나 세상살이가 마음대로 안 되더구나
정말 미안하다
우리는 서로 아끼며 많은 이야기도 했다

새 주인이 그대를 거칠게 다루지 않나 걱정이다
혹사를 당하지 않나 하는 근심이 떠나지 않구나

그대가 언젠가 환생되어 나에게로 오면 좋으련만
그때, 내가 그대를 알아보지 못하면 다가와 "당신께로
다시 돌아왔어."라고 속삭여 다오
그러면 그대를 얼싸안고 너울너울 춤을 추련다.

제6부 | 원추리꽃

이슬 달고 시를 쓰네

있어야 할 자리에서
겸허한 눈길로
생각을 모으다가
사람을 만나면
환희 웃을 줄도 아는
원추리꽃
이슬 달고 시를 쓰네
_이해인

북구(北歐)의 여인들

1975년 8월 초, 오슬로대학 기숙사에 여장을 풀었다.

시차 적응이 안 돼 잠이 오지 않는다.

밤 12시인데도 하늘이 희부옇다. 이를 백야라 한다.

추분을 지나면서 하루가 다르게 밤은 길어지고 낮은 짧아 간다. 동지 전후엔 노르웨이의 북극권은 밤이 계속 된다.

최남단에 위치한 오슬로에도 진눈깨비가 내리면 대낮인데도 가로등이 거리를 밝혀 준다.

그들의 조상은 바이킹Viking이다. 8~11세기에 뛰어난 항해술로 대양을 종횡무진하며 침략과 약탈을 일삼던 해적이었다.

기나긴 겨울밤과 한랭하고 메마른 땅을 벗어나 햇빛 찬란하고 비옥한 땅을 찾아 유럽과 러시아, 북아메리카를 넘나들었다.

남자의 90%가 바다로 나갔다. 지금은 세계 최고의 해운국가이며 세계적인 복지국가이다.

1

바다로 떠난 남자들의 빈자리를 여자들이 채워서인지 직업여성단체 소로프터미스트 클럽 활동이 활발하다.

밤이 길어지면서 클럽 회원들이 유학생을 가정으로 초대한다. 유학생과 클럽 회원이 반반이다. 거실에서 차를 마시며 인사를 나누다 식당으로 옮긴다.

촛불을 켜 놓고 얼굴색이 다른 사람들이 식탁에 둘러앉는다. 분위기가 경건했다. 자신을 불태워 밝혀 주는 촛불이 성스러워서일까.

식사가 끝나고 거실로 돌아와 이야기꽃을 피운다. 마음에 맞는 사람과 연락처를 주고받는다.

　순백의 눈이 내리는 밤, 모피 모자에 부츠를 신고서 롱 코트를 입은 월헴센이 북경반점 밖에서 기다리고 있다. 그 모습이 어쩌면 그렇게도 낭만적일까.

　나는 그녀 어깨 위에 내린 눈을 털어 주고는 안으로 들어가 널따란 창가에 자리를 잡았다.

　균형 잡힌 몸매, 금발 아래에 파란 두 눈, 그 사이에서 내려온 오똑한 코. 창밖에 내리는 눈이 배경이 되어 그녀는 환상적인 한 폭의 그림이었다.

　그 다음 금요일, 그녀의 집으로 초대받았다.

　간편한 의상에 엷은 화장을 하고서 동방의 나그네를 반가이 맞아 주었다. 거실에 세워 둔 바이올린이 눈에 띄었다.

　제약회사에 근무하는 약사이다. 서가엔 의약서적들이 가지런히 꽂혀 있다. 기품 있는 분위기다.

　정성을 곁들인 식단이 훈훈했다.

　하지만, 그녀는 고적해 보인다. 노라가 연상된다. 노르웨이 문호 입센의 소설 『인형의 집』 주인공 노라는 가정을 뛰쳐나간다.

아버지의 극진한 사랑과 보호를 받으며 자랐다.

결혼하고도 남편의 일방적인 보호와 사랑은 자신이 한낱 인형에 불과하다고 느껴진다.

아내이고 어머니이기 전에 한 여자로 살고 싶다.

더 이상 인형의 집에 머물 수 없어 남편과 아이들, 모두를 버리고 집을 떠난다.

조선의 여인들이 여필종부를 천부의 계율로 알고서 남정네의 학대와 성노리개로 살던 시대에…….

입센은 『인형의 집』을 통해 여성을 해방시킨 혁명가다. 하지만, 가족 없이 사는 노라의 후예들이 진정 행복할까.

37년 전의 월헴센은 지금 어디서 무엇을 하고 있을까!

2

겨울방학 때 스키 캠핑을 갔다.

오슬로에서 버스를 타고 북쪽으로 4시간을 달린다.

온누리가 은빛이다. 띄엄띄엄 있는 집들이 눈에 묻혀 졸고 있다. 크고 작은 호수들도 눈을 덮고 잠들고 있다.

개가 끄는 썰매에 몸을 싣고 설원을 하염없이 달리는 북구의 정경! 동화가 현실로 전개되는 태고연한 설경이 눈이 시리도록 아름답다.

산골짜기로 접어들면서 가파르게 굽이치는 눈길을 달리는 운전 솜씨에 경탄한다. 차창 너머 낭떠러지를 내려다보면 현기증이 난다.

산을 넘고 또 넘어 첩첩 산중 스키 캠프장에 도착한다. 거기를 '와달' 이라 한다.

캠프장 아래에 호수가 있다. 그 주위를 둘러싼 산들이 스키트랙이다.

해외협력처의 미스 안데르센은 완전무장을 하고선 클로스컨트리로 먼 길을 떠난단다.

생긋 웃으며 같이 가겠느냐고 물었다. 나는 짐짓 겁을 집어먹은 표정으로 손사래를 쳤다.

캠프장 주위에서 스키를 타다 지치면 창가에 앉아 이런저런 공상에 잠긴다.

스키를 타다 깊은 계곡에서 눈 속에 파묻혀 죽는다면 내 아내도 솔베이지같이 호호백발이 되도록 날 기다려

주려나!

‘봄은 가고 또 가고/여름은 가고 가을이 오고/세월은 가고 또 가/…’ 라는 솔베이지송이 은은하게 들려오면 고국에 두고 온 애들이 못 견디게 그리워진다.

그리그의 솔베이지송은 방랑의 길을 떠난 페르가 돌아오기를 목마르게 기다리는 솔베이지의 영원한 사랑의 노래이다.

페르는 육신과 영혼이 병들어 돌아와 솔베이지의 품에 안겨 운명한다.

솔베이지가 청순한 사랑으로 페르의 방랑과 방탕을 감싸 준다.

눈 덮인 산에 오르면 입센과 노라, 그리그와 솔베이지가 생각난다.

되돌아갈 수 없는 북구가 그립다.

날 두고 떠나는 배

작년에 이어 올해도 세 손녀들이 보고파 집을 나섰다.

비행 시간만 열세 시간, 뉴욕에서 필라델피아로 가는 시간, 출입국 수속과 대기 시간을 합치면 하룻길이다. 내가 감당하기엔 힘든 여정이다.

날 보고서 팔짝팔짝 뛰고 얼굴에 뽀뽀하며 매달린다. 겨우 일곱 달 된 셋째는 낯가림도 하지 않고 내 품에서 방글방글 웃는다.

여행에 지친 피로가 가신다. 이것이 세상 사는 재미인가 싶다.

제일 먼저 깨어난 셋째를 유모차에 태우고 숲길을 걷는다. 새까맣다 못해 파란 눈동자를 이리저리 굴리다 달려오는 다람쥐들을 보고 손발을 휘두르며 옹알거린다. "갓난이, 네가 무엇을 안다고 다람쥐를 반겨?"라는 내 말을 알아들었다는 듯 방긋방긋 웃는다.

둘째는 Pre-K(예비 유치원)에 다닌다. 손을 잡고서 도란거리며 10분쯤 걸어간다. 선생님께 맡기곤 집으로 돌아왔다가 끝나는 시간에 데려온다.

첫째는 초등학교 5학년이다. 아침에 스쿨버스 정차장에 데려다 줬다가 오후 하교 시간에 맞춰 기다리다 버스에서 내리면 책가방을 받아들고 집으로 온다.

거실에서 세 손녀와 아기가 된 할아버지가 함께 어울려 노래하고 춤추며 노느라 시끌벅적하다. 이렇게 가슴 벅찬 순간이 또 있을까.

그러다 셋째를 어미에게 맡기곤 첫째와 둘째를 데리고 밖으로 나갔다.

이곳저곳 돌아다니며 군것질하고 야구 경기도 구경한

다. 널따란 잔디밭으로 옮겨가 뒹굴고 논다. 내 두 팔을 팔베개하고서 셋이 가지런히 누워 하늘을 바라본다. 참 행복하다.

이처럼 손녀들을 돌보는 덴 세 아이의 뒷바라지와 가사 노동에 한순간도 쉴 새 없는 며느리에게 도움을 주기 위해서다. 하나, 곰곰이 생각하면 내 공허한 마음을 채우기 위함이다.

행복한 순간에도 서글픔이 다가온다. 나는 그대로 머물러 있는데 그들은 환경에 적응하느라 나로부터 점점 멀어져 가기 때문이다.

첫째는 미국에서 처음엔 말할 줄도, 알아듣지 못해 학교 생활이 힘들었다. 지금은 영어 소통이 자유롭다. 마치 이양한 모가 흙냄새를 맡아 벼줄기가 무성하듯 생기가 넘친다.

생일파티에 친구 다섯을 초대했다. 가운데 앉아 거침없이 조잘거리며 분위기를 이끌어 가는 모습이 대견하다.

둘째는 첫돌을 지나고 미국으로 가 우리말이 서툴다. 그러나 언니와 티격태격 다툴 때면 한 치도 밀리지 않고 영어를 쏟아낸다. 그것을 보고 있으면 내 혀가 절로 휘둘러진다. 둘 다 이민 1.5세이지만 둘째가 첫째보다 미국화가 훨씬 빠르다.

셋째 손녀는 미국에서 태어난 이민 2세다. 미국 성당에서 유아영세를 받고 대모도 미국인이다. 이 애가 자라면 겉만 한국인이지 속은 미국인이 되어 나와의 관계가 닭이 소 쳐다보는 격이 되리라 생각하면 서글프다.

며느리도 미국 사회에 적응하려고 사고방식과 생활양식이 많이 변했다. 아들 역시 치열한 경쟁에서 살아남기 위해 한눈팔지 않고 연구하고 가르치느라 나와는 소원해간다.

그들이 미국 사회에 진화될수록 나와 멀어진다. 밧줄로 부두에다 동여매려고 용을 써도 배는 조류와 바람에 밀려 바다 저 멀리로 떠나간다.

첫째는 나와 이메일을 주고받으며 우리말과 글을 익힌다. 둘째 손녀를 위해 네모 칸의 공책과 우리 동화책을 가져다 우리글과 말을 가르친다.

아내도 우리 입맛을 잃지 않도록 된장, 고추장, 김치를 소포로 보낸다. 아무리 그렇게 해도 도도히 흘러가는 조류를 어찌 막을 수 있으랴.

돌아올 무렵 첫째가 "할아버지, 한국에 가지 말고 우리 함께 살자 응!" 하며 애원한다. "그랬으면 얼마나 좋겠냐만……." 이라며 얼버무린다. 헤어짐을 안타까워하는 어린 손녀께 딱 부러지게 말할 수 없어서다.

나는 한국에서도 변화에 못 따라가는데, 변화무쌍한 미국 사회에 발을 붙이기엔 이미 때가 늦었다.

날 부두에 남겨 두고 그들이 탄 배가 수평선 너머로 사라지면 어쩌나 하고 아쉬워한다.

수채화 한 폭

진달래가
수줍은 듯 한들거린다

모진 엄동설한 견디고
봄바람에 실려 왔나 봄 안개 타고 왔나

너는 봄이면 오는데
내 님은 아니 오신다.

그때도 고갈산에 진달래가 피었으니 1959년 이맘때였
나 보다.

바닷가 수도원처럼 사회와 격리된 대학에 입학한 지 3년째였다. 대학의 자유와 낭만이 무엇인지도 모르는 채 숨 막힐 것만 같았다. 그렇다고 교문을 박차고 나갈 용기도 없었다.

졸업하고 저 멀리 대양으로 항해할 희망도 없었다. 무기력하게 방황하는 나에게 여고생티를 채 못 벗은 한란寒蘭 한 송이가 나타났다. 하늘이 주신 선물인 양 감격했다.

캠퍼스를 거닐었다.

주말이라 바닷가 여기저기 삼삼오오로 망중한을 즐기던 학생들이 고함을 지르고 손뼉을 치며 야단법석이었다. 금녀지대에 한 쌍의 연인이 거니는 모습을 보고서. 그녀는 수줍어 내 뒤로 몸을 숨겼다.

첫 만남부터 그녀는 내 우상이 되었다.

퇴학을 각오하고, 그녀를 만나려 두 뼘 남짓한 자갈길을 걸어 깎아지른 산을 넘었다. 한 발자국만 잘못 내디뎌도 낭떠러지로 떨어지면 검푸른 파도가 날 삼켜 버렸을 것이다.

영화 〈사랑할 때와 죽을 때〉를 봤다. 우리도 저렇게 비극으로 끝날 것만 같아 서글펐다. 손을 꼭 쥐어 주고 싶었다. 나비가 날아갈세라 손을 내밀지 못했다. 대신 그녀의 장갑에 내 손을 넣어 그녀의 체온을 느꼈다.

가사 실습을 하던 그녀의 기숙사로 찾아갔다. 몰래 빠져나와 둘이서 바닷가 길을 걸었다. 달빛을 머금은 바다가 비늘처럼 반짝였다. 함께 땅 끝까지 걷고 싶었다.

나는 졸업을 하고 서울에 취직했다.
그녀도 피난 학교에서 서울 본교로 진학을 했다.
불행이도 내가 지방으로 전출되면서 소식이 끊겼다. 서울로 돌아왔으나 각박한 세상살이에 가려져 그녀를 찾지 못했다.

오랜 세월이 지나 통화가 되었다.
"저, 혹시?"라는 내 말이 끝나기도 전에
"아, 어쩜!" 떨리는 그녀의 목소리였다.
"어찌 내 목소리인 줄 알고?"

“어찌 잊겠어요, 꿈엔들…….”이라는 한마디가 절절했다.

설레고 망설이며 만날 날을 기다렸다.

옛날 그대로일까. 세월이 그녀의 청순함을 할퀴고 갔으면 어쩌나. 옛 모습 그대로 간직하려면 차라리 만나질 말까. 마음이 자꾸만 흔들렸다.

약속 장소에 다다랐다. 그녀는 창밖을 바라보고 있었다.

“안녕!”이란 내 목소리에 얼굴을 마주했다. 손을 내밀었다. 잔잔한 전율이 그녀의 손끝에서 내 가슴으로 전달되었다.

망설임은 기우였다. 연륜이 쌓여 세련되었다. 은은한 미소도 옛날 그대로였다.

“잊은 적이 없었지.”라는 때늦은 속내에 날 “바보!”라 했다.

순진무구했던 그녀에게 “더 바보!”라 했다. 서로 서글프게 웃었다.

우리는 돌아갈 수 없는 강을 건넌 지 오래되었다.

화

새벽 석 점을 쳐도 당신은 잠을 이룰 수 없다지만

저는 몸살을 합니다.

잊은 적이 없다는 말씀에

가슴이 파랗게 멍들어 아파 옵니다.

그 고운 수채화가 퇴색되면 어쩌나 걱정입니다.

답

지난 세월 지우개로 지워

우리 처음 만난

그 청순함으로 돌아가면

바닷가에서

너울너울 춤추련만.

멀리서 마음을 주고받은 '화와 답' 이 있다.

우리 둘이 그린 수채화에 '화와 답' 의 화제가 화룡점정
畵龍點睛이 되었다.

그녀는 갔으나 수채화의 '화와 답' 은 목소리가 되어 은
은히 들려온다.

진실에 눈감는 사람들

국제해사기구IMO와 소련 정부 공동으로 해사안전에 관한 세미나가 흑해 항구도시 오데사에서 개최되었다.

당시 한국과 소련은 미수교국을 넘어 적성국이었다.

1983년 9월 2일부터 2주간이었다.

회의장에는 참가국의 국기들이 게양되었다. 아무리 찾아보아도 태극기가 보이지 않았다. 문서 담당 다이아나에게 물었더니 자기 소관이 아니라 했다.

소련 해운성 샤베리예프 국장은 IMO에서 보내 준 대로 게양했기 때문에 자기 책임이 아니라 했다. 입국 검사대를 통과할 때 나를 괴롭혔던 소련 정보기관이 태극기를 제쳤을 것으로 짐작되었다.

샤베리예프에게 "소련 정부의 입국 허가를 받아 회의에 참가했는데 한국 국기만 게양되지 않는 이유를 알고 싶다."고 말하고 태극기 게양을 정중하게 부탁했다.

그 다음 날 태극기가 게양되어 있었다.

샤베리예프가 흑해 해운회사 소속 선박들을 뒤져 한국 국기를 찾았으나 다른 국기들과 규격이 맞지 않고 훼손되어 유감이라 했다.

규격이나 훼손 따위는 안중에 없고 '태극기가 소련 상공에 게양됐어!' 라고 속으로 쾌재를 불렀다. 왜 그렇도록 태극기를 갈망하고 반겼는지!

세미나는 전반 1주일은 육상에서, 후반 1주일은 크루즈 선박에서 했다.

크루즈선 카자흐스탄호가 오데사 항구를 출항했다. 기관 진동을 느끼지 못할 만큼 조용하고 롤링도 없이 잔잔한 흑해를 항행했다. 수영장, 사우나, 칵테일 바, 미용실, 병원, 우체국 등 각종 편의시설과 동시통역 설비를 갖춘

국제회의장도 있었다.

태양이 흑해 수평선을 넘어가면 식당이 문을 열었다. 호텔과는 비교가 안 되게 진수성찬에 보드카가 곁들여졌다. 매혹적인 러시아 미녀들의 친절한 서빙은 식욕을 돋우었다.

휘황찬란한 무대가 개막되고 유서 깊은 러시아 음악과 무용이 공연되었다. 미스 카자흐스탄 선발대회는 승객들을 열광케 했다. 소련의 문화예술과 생활수준이 서구에 뒤지지 않음을 선전하는 것으로 보였다.

낮엔 상륙하여 처칠, 루즈벨트, 스탈린 3상이 회담을 했던 얄타, 2014년에 동계올림픽이 개최될 소치, 원유 수출 항구 노보로시스크 등 흑해 연안 항구들을 관광했다.

끝으로 세미나를 정리하는 평가회의가 있었다.

소련 출신 IMO 안전국장 코스티레프가 세미나를 평가하겠느냐고 물었다. 우리나라를 홍보할 수 있는 기회라서 밤을 새워 준비했다.

한국 해운을 개략적으로 설명하고는 "한국과 소련이 선린 관계가 이루어지면 양국 해운이 눈부시게 발전되리라고 기대합니다."라고 끝맺었다.

문서 담당 다이아나가 "소련과 남한이 어떻게 이웃나라냐?"고 시비를 걸었다.

"소련과 한국은 두만강을 경계로 이웃한다."라는 내 답변에 "그것은 북한이다."

"남한과 북한은 민족과 언어가 같은 한 나라다."

"민족과 언어를 말하지 마라. 소련엔 여러 민족과 언어가 있지만 한 나라다. 반면, 중남미엔 스페인 민족에다 스페인어를 쓰는 나라가 여럿이다."

"남한에는 자유가 없다."라고 딴전을 피웠다.

"자유가 무언데? 한국엔 언론, 종교, 거주이전의 자유가 있다. 북한에 그런 자유가 있다고 생각하느냐?"는 나의 반격에 "그것이 약점이다."고 시인했다.

또 엉뚱하게 "남한이 북한보다 못산다."고 했다.

"아니다. 한국이 더 잘산다."

"거짓말!"

"런던에서 삼 년간 근무하면서 국제기구가 발표하는 통계도 보지 못했나?" "미국 원조로 잘 살겠지."라고 빈정댔다. 엄연한 사실에 눈을 감고 일방적 주장을 했다.

그녀는 나에게 문서를 친절히 챙겨 주었다. 식사 때는 내 옆에 앉았고 관광을 할 때도 가까이 다니면서 단둘이 사진도 찍었다.

소련 여인과 추억을 만들 거라고 기대했는데 헛짚었다. 일거일동을 보고했을 것이다. 눈알이 뻔득이는 한 녀석이 회의 참가자들을 뒤따라 다니며 감시했다. 사물私物을 뒤진 흔적도 있었다.

그는 KGB 요원이었다. 자유와 인권을 철통같이 통제하면 소련이 영원할 줄로 확신했을 것이다. 동서 냉전이 극으로 치달아 소련 군부가 사할린 상공에서 미사일로 KAL기를 격추했던 때였다.

1983년 9월 1일 새벽 4시. 사할린 상공에서 소련 전투기가 미사일을 발사하여 KAL기 탑승자 269명을 몰살시켰다.

조종사 오시포비치는 이렇게 고백했다. "지상 관제소에서 등燈이 깜빡거리느냐고 물어 '그렇다!' 고 했다. 지상관제소가 등이 깜빡거려서 민간항공기로 확인하고도 격추하라고 명령했다. 나는 명령대로 미사일을 발사했다."

4년 후에 KAL기 폭파사건이 또 발생했다.

1987년 11월 29일 바그다드에서 서울로 비행하던 KAL 기가 폭파되었다. 노동자 농민을 위한다는 북한이 건설노동자 115명을 참살했다.

이를 '김현희 KAL기 폭파사건'이라고 한다. 김현희는 처음에 "KAL기 폭파는 범죄가 아니고 혁명과업 수행이다."라고 했다. 그러다 재판 과정에서 유족들을 만나고는 자신이 살인범임을 깨달았다고 고백했다.

사실을 왜곡하던 다이아나처럼 우리 현실도 마찬가지다. 정의사회구현사제단이 KAL기 사건을 정부의 조작이라고 발표했다. 이에 김현희는 분노했다.

진실에 눈과 귀를 막고 비방하고 투쟁하는 것만이 정의인 양 외치고 있다. 소련과 북한은 해충을 박멸하듯 반인류적인 만행을 하고도 진실을 외면하고 있다.

김현희는 진실에 눈을 떴는데, 다이아나는 붕괴된 소련에서 지금 어떤 생각을 하고 있을까.

독설

오늘도 독설이 담을 넘어온다. 부부 싸움을 하지 않는 부부가 어디 있으랴만 이웃집은 도를 넘는다.

해서, 동네에서 알 만한 사람은 다 안다.

아슬아슬하다. 두 사람이 바동대는 외줄이 끊어지면 어쩌나 하고 듣는 사람이 마음을 졸인다.

브레이크가 고장 난 듯 여자가 돌진한다. 아무리 여성시대라지만, 그래도 가정의 화목을 위해 헌신하는 현모양처가 많건만!

체면 차리느라 마지노선까지 밀리다 더는 못 참겠다는

듯 남자의 반격이 시작되었다.

　참 살벌하다.

　여자: "비타민 하나 사 줘 봤어."

　귀가 따갑게 고래고래 고함을 친다.

　남자: "누가 들으면 날 수전노라 하겠네. 전복과 염소에
다 노루 뼈까지 사다가 건강 챙겨 준 사람이 누군데?"

　흥분한다.

　여자: "내가 널 출세시켰어."

　쉿소리가 담장을 넘어온다.

　남자: "출세, 누굴? 난, 그런 속물이 아니야."

　어이없어 한다.

　여자: "내 목숨 끊어 널 매장시킬 거야."

　뿜어내는 독기가 섬뜩하다.

　남자: "독한 것, 저승에서 어떤 죗값을 치르려고!"

　그래도 연민한다.

여자: "애비가 같이 놀아 주지 않아 애 성격이 외골수가 됐어."

엉뚱한 발악이 벽을 뚫고 들려온다.

남자: "적반하장이라더니, 팔씨름하고 레슬링하며 놀아 줬어. 낚시도 가고. 자신을 되돌아볼 줄은 모르고 부자 이간질하는 돼먹지 못한 어미!"

분을 삭이지 못한다.

여자: "내가 아들 박사 만들었어."

고함 소리에 유리창이 뒤흔들린다.

남자: "돈 집어 주고 학위 땄다는 거야? 피오줌 누며 힘들게 딴 아들 학위에 똥칠하는 후안무치!"

개탄한다.

여자: …….

남자: …….

사흘이 멀다고 주제를 바꾸어 싸운다.

지옥이 따로 없다.

공功은 내 탓, 과過는 네 탓으로 돌리는 한 부부 싸움은
끝나지 않을 것 같다.
아니면, 어느 한쪽이 죽기 전엔.
세상에 이런 독설이 또 있을까.

미국에서 철학 교수를 하는 아들이 영국에서 학위과정을 하던 1999년 3월 22일 이메일을 보내왔습니다.

아버지께.
아버지! 이제 공직 생활을 마감하시게 되셨군요.
다시 한 번 '아버지~' 하고 불러 보고 싶습니다.
제 고등학교 땐 없어졌지만, 옛 국어 교과서에 수록되었던 안톤 슈낙의 〈우리를 슬프게 하는 것들〉을 아버지께서 말씀해 주셨습니다.

─아버지가 돌아가고 숱한 세월이 흐른 후, '사랑하는 아들

아! 너로 인해 얼마나 많은 밤을 지새웠는지 모른다.' 는 편지
를 발견하고서 아버지를 애태웠던 일을 슬퍼하는 아들—

그땐 몰랐는데 지금은 아버지께서 왜 그런 말씀을 하셨는지
이해가 됩니다.
결혼식 날 제 옆에 서 계셨던 아버지가 정말 든든했습니다.
장가가는 날이지만 왠지 순간 어리광을 부려 보고 싶었습니
다. '아빠~' 하고 부르면서.

아버지! 존경합니다.
지난 35년, 공직자로서 애국심과 가장으로서 가정에 대한
사랑으로 사셨습니다. 저는 인정합니다.
저도 어느덧 서른이 넘었습니다.
지금의 제 나이 때 아버지께서 저를 아들로 맞아 주셨습니
다. 이제 장가도 갔습니다. 철도 들기 시작했습니다.
철이 들면서 아버지가 정말로 크신 분이라고 깨달았습니다.

아버지는 가정에 대한 책임이 강하신 분입니다.
저는 무엇이 아버지를 그렇게 만들었는지 압니다.

저에 대한 애정과 투자는 누구에게도 지지 않으십니다.

아버지의 바통을 이어받아 제가 저 월출봉으로 달려가겠습니다. 이제 저에게 맡기시고 편히 쉬십시오.

아버지께서 훌륭한 가정을 일구셨습니다.

저의 결혼식 날 아버지와 어머니, 매형과 누나, 저와 신부 상은, 그리고 조카 혜인이와 함께 가족사진을 촬영할 때 우리 가정에 대한 행복감에 젖어 들었습니다.

이 가정의 행복을 아버지의 손자 손녀들에게 제가 물려주겠습니다.

먼 훗날 제 아들딸로부터 이와 똑같은 글을 받을 수 있도록 말입니다.

공직 생활을 마감하시는 날, 저 아들 한결이가 소주 한 잔 올리지 못해 죄송합니다.

대신 글로 인사를 드립니다.

1999년 3월 22일

아들 한결 올림

아버지를 존경하고 사랑한다는 이메일이 저를 기쁘게 했습니다. 아들이 가정에 대한 책임감이 있어 더욱 기뻤습니다.

더욱이, 독특한 개성들을 가진 손녀 다섯이 예쁘고 건강하게 자라고 있어 저를 기쁘게 합니다.

이런 기쁨이 있기에 '내 인생이 결코 실패는 아니다.' 라고 자위해 봅니다.

| 연보年譜 |

耕海 金鍾吉

출생

1937년 7월 9일 경남 하동군 하동읍 읍내동 381번지

가족관계

조부모: 聖三(善山金 宗直 佔畢齊 제16대손) · 密陽朴 順岳

부모: 相周 · 文化柳 于述

자녀: 한결 · 며느리 慶州李 尙恩, 이랑 · 사위 全州李 昊弘

손녀: 다슬 · 다해 · 다함(친손), 李慧仁 · 李恬媛(외손)

학력

1957년 광주고등학교 졸업

1961년 한국해양대학 항해학과 졸업

1976년 노르웨이 해운아카데미 해운전문과정 수료

1984년 서울대학교 행정대학원 발전정책과정 수료

1987년 국방대학원 안보과정 국제관계전공 수료

1993년 한국해양대학 해사산업대학원 최고경영자과정 수료

수상

1980년 보국훈장 삼일장

1992년 홍조근정훈장

2002년 표창장(한국해양대학교)

2003년 국가유공자증

2007년 자랑스러운 光高人賞(광주고등학교)

2011년 등단작품상(창작수필사)

2012년 자랑스러운 해대인상(한국해양대학교)

2012년 라자로돕기회 25년 감사장

논문 및 서책

1976년 Transportation system in ports & handling costs

1983년 IMO海事安全管理(번역)

1984년 국제해사기구(IMO)의 해양환경보전에 관한 활동

1986년 港灣安全管理(번역)

1987년 소련의 開放政策을 통해 본 한/소 海運의 交流豫測

2003년 船舶行政의 變遷史(共著)

2005년 되돌아본 海運界의 史實들

2010년 榮譽로운 海運人들

국제 활동

1979년 국제전기통신연맹(ITU) 제네바 총회 대표

1983년 IMO/USSR/UNDP 소련 오데사 세미나 참가

1983년 국제해사기구(IMO) 제13차 런던 총회 대표

1985년 IMO/USSR/UNDP 소년 오데사 2차 세미나 참가

1992년 국제항만협회(IAPH) 미국 찰스턴 회의 대표

1993년 환태평양 친선항만 제7차 고베 회의 대표

1993년 한/화란 헤이그 해운회담 대표

1993년 한/EU 브뤼셀 해운회담 대표

1993년 한/중 북경 해운회담 대표

경력

1962년 고등학교 2급 정교사 자격 취득

1963년 갑종2등 항해사 자격 취득

1963년 교통부 입부

1970년 제주해운국 해무과장(사무관)

1970년 제주대학 강사

1978년 인천해운항만청 선박과장(서기관)

1980년 국보위 교통체신분과위원회 전문위원

1981년 중앙해난심판원 조사관(부이사관)

1982년 천주교 서울교구 반포성당 영세

1982년 해운항만청 선원선박국장(이사관)

1985년 인천해운항만청장

1986년 성 라자로마을 돕기 회원

1987년 마산해운항만청장

1988년 해운항만청 운영국장

1991년 부산해운항만청장(관리관 대우)

1992년 천주교 부산교구 해양사목 자문위원

1993년 해운항만청 해운국장

1993년 국가공무원법 제74조에 의해 명예퇴직

1994년 인천항부두공사장

1994년 꽃동네 후원회원

1994년 유니세프 후원회원

1994년 인천일보사 객원논설위원

1995년 천주교 인천교구 항만사도회 자문위원

1996년 대한상사중재원 중재인

2002년 뉴기니 카리타스수도원 기술학교 후원

2004년 한국해운신문 객원논설위원

2008년 한국선급(KR) 회원

2009년 아프리카 돕기회 후원

2009년 한국선급 50년사 감수위원

2009년 해기사 명예의 전당 인물선정위원

2010년 민족화해위원회 새터민(탈북아동) 후원

2011년 중앙해양안전심판원 심판변론인

2012년 IMO활동 50년사 감수위원